先秦文學導讀 2

先秦史傳散文

吳宏一 編著

目錄

前言

吳宏一

一

我從小就喜歡讀書寫作，進入台大中文系以後，受到一些師長的鼓勵，更對中國文學產生濃厚的興趣。不但想將來以此做為謀生餬口的職業，而且還想以此做為終生努力的志業。

民國六十二年（一九七三）獲得國家文學博士、留校任教以後，我擬定了下列四個奮鬥的方向與目標：

一、撰寫學術論著。這是大學教師應盡的本分，對自己負責，要不斷有研究成果。不但要常發表單篇論文，而且每隔一段時間就應該出版專書著作。

二、加強學術普及。這是對學生及後學者負責，也是做為教師應盡的本分。《禮記．學記》說：「學然後知不足，教然後知困。」聞道固有先後，術業各有專攻，教與學本來就可以相長相濟。在這方面，教學、演講、座談之外，編寫深入淺出的大眾化普及讀物，應該是最宜採行的方式。

三、從事語文教育。這是對社會大眾負責，和前一項一樣，貢獻給教育界和文化界的另一種方式。這也是我個人遭逢的一種機緣。在我獲得博士、留校任教的同時，開始在國立編譯館實際參與中小學以及大專國語文教科書的編審工作。它讓我知道大中小學不同階段的語文教育，各有重點，也各有難處。從事的人不應妄自尊大，也不應妄自菲薄。

四、繼續文藝創作。這是我個人的興趣，從小就養成的，有的可以對外公開發表，有的只是自我心靈的寄託，「只可自愉悅，不堪持贈君」。我希望自己不僅僅是個學者，同時，也是個作家。

二

以上四項，別的暫且不說，這裡只說與本書有關的第二項。

在編寫大眾化的學術普及讀物方面，從民國六十二年以後，我參與了不少公私機構有關中國文學以及中國文化叢書或套書的編撰工作。有的是主編，是策劃，有的還參與實際的撰稿。其中，有幾個是比較受人注意、印象比較深刻的。略加說明如下：

一、主編長橋出版社的「中國文學精選叢書」：《江南江北》（唐詩賞析）、《曉風殘月》（宋詞賞析）、《小橋流水》（元曲賞析）、《閒情逸趣》（明清小品賞析）。參與撰稿的朋友，有張夢機、顏崑陽、周鳳五、葉國良、呂正惠、何寄澎、洪宏亮、劉漢初、謝碧霞、劉翔飛、陳芳英、陳幸蕙等人。這套圖文並茂的賞析叢書，以詩歌為主，當時不僅在台灣風行一時，引起同類書籍出版的熱潮，在香港也曾出現盜印本（封面主編的姓名改為「吳宏」）。這套書版權後來由長橋負責人鄧維楨轉售給當時負責時報出版公司的高信疆夫婦，至今不知已再版多少次。由於我堅持不再掛名「主編」，如今很多讀者已不知此書與我有關。這套書觸發了我想整理中國古典詩歌系列的念頭。後來的《白話詩經》、《詩經新繹》，就是重新踏出的第一步。

二、譯注台灣新生報的《白話論語》。這是當時謝東閔副總統倡導家家讀《論語》、由新生報石永貴社長邀我白話直譯《論語》而促成的。《白話論語》一書，我幾個月內就完成全稿，由該社連載、出版。據石社長告訴我，該書銷售量達百版之多，後來還附加辜鴻銘的英譯《論語》，出版了中英對照本。這本書的暢銷，使我明白經典名著可以千古不朽的含意，也更加堅定了我用白話譯注整理中華文化古代典籍的信心。後來新繹「人生三書」：《論語新繹》、《老子新繹》、《六祖壇經新繹》，就是由此而起。

三、編著桂冠出版社的「先秦文學導讀」四冊。這是我整理「中國古典文學名著導讀」的開始。當時我在香港中文大學任教，編著時爭取出版的朋友頗有一些，最後我決定交給桂冠的賴阿勝先生，他的背後支持者是楊國樞教授。那時候，我想結合中國古典文學和傳統文化，從流傳後世的經典名著中，選些名篇佳作，大致依照時代的先後，經過整理，分類編輯。第一輯就稱為「先秦文學導讀」，分為《詩辭歌賦》、《史傳散文》、《諸子散文》、《神話寓言》四冊。

那時候，我雖然眼睛患了白內障及視網膜剝離，三次開刀，卻還同時負責主編了中山學術文化基金會的「中山文庫」人文類三十四種、黎明文化事業公司的「文學與思想叢書」十幾冊，和圖文出版社的「語文圖書館」中小學生讀物數十冊，等等，有的已涉及語文教育類，卷帙都很繁富可觀。記憶中還不止這些，就不一一贅舉了。量是夠多，忙是夠忙，但不管如何，我總堅守一個原則：我應該認真工作。對有意義的事，一次沒做好，我會繼續努力做。

古人說得好：「雖不能至，心嚮往之！」

三

「先秦文學導讀」四冊，一九八八年九月三十日由台北桂冠圖書公司出版。當時，我曾賦詩二首，七絕七律各一首，來抒寫我的欣喜之情。茲錄之如下：

（一）

每愛明清溯漢唐，忍看墳典竟淪亡？
不因病目傷零落，十載編成翰墨香。

（二）

十載編成翰墨香，書中至味不尋常。
守先唯是傳薪火，汲古何曾為稻粱。
左策莊騷無欲憾，詩書易禮細商量。
今朝了卻平生願，憑付旁人說短長。

由於編印精美，校對確實（多謝張寶三教授義務幫助），這套書初版四千套不久就銷售完了。後來桂冠結束營業，市面上開始出現盜印本。其間，有人知道我已收回版權，曾慫恿我修訂再版。像吳興文學弟就是其中熱心者之一。不過，我因為工作忙，從學校退休後，仍然一直忙於新的寫作計畫，所以不以為意。而且，真要修訂，其實也不容易。

我所有編著的學術普及讀物，上文說過，都堅守著一個原則。對讀者而言，它們不但要能增進學術知識，而且要能陶冶身心，做為修身處世的參考，最少也要有益於閱讀及寫作能力。在寫作體例方面，我也一直堅持著：版本要經過挑選，注解要力求簡明，翻譯要淺白、能直接對照原文，析論則須參考前人時賢的研究成果。最好還能說明時代的背景，以及作家作品的特色與價值，等等。

在這樣的自我要求下，修訂一套書，往往牽一髮而動全身，真是談何容易！因此這一次遠流出版公司有意重印這套書，經我考慮答應之後，與責任編輯曾淑正女士商議決定這樣處理：一、由我重新審閱全書，修訂文字；二、改動部分內容，略作調整補充，例如在《神話寓言‧

山海經》中增加筆者近作〈讀山海經札記〉十五則；三、尊重版權新規定，刪去若干附錄，例如游國恩、傅斯年、沈剛伯、錢穆、陳大齊等人所作的參考論文。除此之外，在內容上可以說沒有什麼大的變動。

在我心目中，這些先秦文學的名篇佳作，雖然都是兩三千年前的古人所作，經歷的時間久遠了，時代的環境改變了，語言的習慣不同了，但經過注解、語譯、分析、說明後，他們的智慧和精神仍然可以保存下來，永遠有光輝，與我們同在。它們就像一串串珍珠一般，也許經歷的時間久了，有些塵汙晦暗，但經過擦拭，仍將恢復原來的光澤，值得大家欣賞。

四

我從小就喜歡弘一和尚李叔同的詩詞，愛唱他填詞的歌曲。除了「長亭外，古道邊。芳草碧連天」之外，我還記得他有一首短詩。

民國二十四年（一九三五）四月，他到惠安崇武淨峰寺為當地僧眾講演佛法，還種了菊花。十月下旬離開淨峰回泉州時，他留下〈淨峰種菊臨別口占〉五絕一首。詩前有序：「乙亥四月，余居淨峰。植菊盈畦。秋晚將歸去，猶復含蕊未吐。口占一絕，聊以志別。」詩是這樣寫的：

我到為植種，我行花未開。
豈無佳色在，留待後人來。

詩句簡短，造語平淡，但讀了卻令人覺得它蘊含禪趣，情味深長。我一直喜愛這首詩，現在發現它頗能反映我修撰此書時的心境，因此抄錄在這裡，權且做為前言的結語。

是的，「豈無佳色在？留待後人來！」

二〇一九年四月台北惜水軒

校後附記：六月中旬，此書遠流新版初校交稿後，即因上次視網膜手術扣鐶脫落，再度入住台大醫院開刀摘除。一切順利，目前正靜養中。主治楊長豪醫師在此書桂冠版出版時，尚為實習醫師，三十年來，已巍然成為眼科名醫矣。今使我有眼力能為此書二校排印稿，尤所感念，值得一記。真所謂歲月靜好，人間有情也。

二〇一九年七月十八日

編注凡例

一、「先秦文學導讀」所選以經典史籍中的名篇佳作為主，大致依時代先後分類編注，依序為《先秦詩辭歌賦》、《先秦史傳散文》、《先秦諸子散文》、《先秦神話寓言》四冊。

二、各冊選文不但注意韻文、散文之分，同時也考慮記敘、論說及各種應用文體文類的來歷。期使讀者對先秦文學的演進，有基本的認識。

三、所選作品，盡量顧及名著名家的特色、各種文體的演進，以及在文學史上的意義。尤以具有開創、影響等代表性的作品為優先。

四、各冊分若干單元，皆附解題。除詩歌類外，各篇體例皆依原文、注釋、語譯、析論為序，並視需要，附參考資料於後，供讀者參閱。

五、注解力求簡明，必要時才引錄原文或注明出處，凡有涉及尚未定案之爭論者，或介紹其中一二種說法，或闕其疑。

六、語譯以直譯為原則，析論則旨在提供閱讀方法，此與注文皆曾多方參考前人時賢研究成果，為避免繁瑣，不一一標出，非敢掠美。

【壹】尚書

《尚書》解題

《尚書》在先秦原來只叫做《書》，指的是古代的公文函札等檔案資料。到了漢朝初年，「以其上古之書」，所以稱為《尚書》。後世因為它是經書之一，所以又叫做《書經》。

相傳《尚書》原有三千多篇，經孔子刪定為百篇。鄭玄說包括有：〈虞夏書〉二十篇、〈商書〉四十篇、〈周書〉四十篇。後來秦始皇焚書時，全都亡佚了。我們今天所看到的《尚書》，都是漢朝以後流傳下來的。

後世的《尚書》傳本，計有三種。一是《今文尚書》，二是《古文尚書》，三是《偽古文尚書》。

漢文帝時，蒐求古代遺書，聽說濟南有前秦博士伏生，在齊、魯之間，以《尚書》傳授學生，便派鼂錯去學。鼂錯受書時，因為根據伏生口授，用漢朝當時通行的隸書寫成，所以叫做《今文尚書》，共二十九篇。

漢武帝末年（《論衡．正說篇》說是景帝時，是），魯恭王劉餘因為擴建宮室，拆除孔子故宅時，在牆壁中得到古文本經書數種，其中《尚書》一種，經孔安國拿去和伏生所傳的《今文書》對照，竟然多出了十六篇。因為是用周朝的大篆寫成的，所以稱之為《古文尚書》。大致說來，漢朝重視《今文尚書》，而忽略古文本，因此，孔安國所傳的《古文尚書》到西晉永嘉之亂時，已全部遺失，沒有流傳下來。

到了東晉時，梅賾把伏生所傳的《今文尚書》二十九篇，析為三十三篇，另外割裂古書中所引《尚書》的文句，偽造了《偽古文尚書》二十五篇，合成五十八篇，獻給朝廷。這就是現在一般人所說的《尚書》。梅賾偽造的二十五篇，自宋朝吳棫、朱熹等人，已經有所懷疑，到了清初閻若璩的《尚書古文疏證》一書問世，列舉一百二十八條證據，二十五篇之為偽造，遂成定讞。雖然如此，梅賾的偽作，綴輯不少古書佳句，寓有警世勸戒之旨，仍然有其不可抹煞的價值。例如〈大禹謨〉中的「人心惟危，道心惟微，惟精惟一，允執厥中」十六個字，朱熹稱之為聖人心法，就是宋明理學的淵源所在。

《尚書》的體例，孔安國分為典、謨、訓、誥、誓、命等六種。典，是「常法」的意思；謨即「謀」，指謀略計畫，也可以說是施政方針；訓是訓戒，有教誨的意思；誥即「告」，是布告，也可以說是曉諭，包括有諭戒臣下百姓的，有祭告宗廟神祇的，也有臣屬勸告君主的，等等；誓是軍中告誡將士的文辭；命就是「令」，是國君對臣下發布的命令。唐朝孔穎達對《尚書》的分類更多，我們這裡不再介紹。

《今文尚書》二十九篇，記載了許多古代史實，是我國最早的一部史籍，我們從中可以考證上古的典章制度，了解很多風俗民情，並且體會它所垂示的為政治國、修己成物的道理；即使是《偽古文尚書》，也還是有許多可供我們借鑑的道德教訓，因此《尚書》實在是我們不可偏廢的一部古籍。只是它有些篇章比較難懂，現在讀起來，文字頗有詰屈聱牙的地方，也因此，一般讀者常常望而卻步，這是令人惋惜的事。

《尚書》的參考書，五十八篇本以唐朝孔穎達的《尚書正義》為佳，注解則以清朝孫星衍的《尚書今古文注疏》最為詳備。屈萬里先生的《尚書集釋》、《尚書今註今譯》也頗便讀者。

尚書序

尚書選

古者伏犧氏之王天下也，始畫八卦，造書契，以代結繩之政，由是文籍生焉。伏犧、神農、黃帝之書，謂之三墳，言大道也。少昊、顓頊、高辛、唐、虞之書，謂之五典，言常道也。至於夏、商、周之書，雖設教不倫，雅誥奧義，其歸一揆

無逸

尚書

周公曰：「嗚呼！君子所其無逸。先知稼穡之艱難，乃逸；則知小人之依❶。相小人，厥父母勤勞稼穡，厥子乃不知稼穡之艱難，乃逸乃諺既誕❷。否則侮厥父母曰：『昔之人，無聞知❸！』」

【注釋】

❶ 君子：有官位的人，這裡兼指君王。所：句中語詞。一說，所：處在，指居其位。稼穡：泛指農業勞動。小人：民眾。依：隱，痛苦。一說，依：憑恃，指稼穡，民眾以此為生。

❷ 相：視，看。厥：其他。諺：《漢石經》作「憲」。憲：喜樂。誕：妄，放縱。

❸ 否：語詞，古與「丕」通。丕則：〈周書〉中常見語詞，等於口語中的「於是」。昔之人：猶言老古董，過了時的人。無聞知：是說沒有見聞知識。

【語譯】

周公說：「喔唷！在位的君子，是應該不貪圖安逸的。能夠先了解耕種收穫的艱難，那麼即使安逸了，也會知道民眾的痛苦。看看有些民眾，他們的父母勤勞地耕種收穫，他們做兒子的，卻不知道耕種收穫的艱難，因而就安逸，就享樂，完全放肆起來。於是就侮辱他們的父母說：『過了時的人，沒有什麼見聞知識！』」

周公曰：「嗚呼！我聞曰，昔在殷王中宗，嚴恭寅畏，天命自度，治民祗懼，不敢荒寧。肆中宗之享國，七十有五年❶。其在高宗，時舊勞于外，爰暨小人。作其即位，乃或亮陰，三年不言。其惟不言，言乃雍。不敢荒寧，嘉靖殷邦。至於小大，無時或怨。肆高宗之享國，五十有九年❷。其在祖甲，不義惟王，舊為小人。作其即位，爰知小人之依；能保惠于庶民，不敢侮鰥寡。肆祖甲之享國，三十有三年❸。自時厥後，立王生則逸；生則逸，不知稼穡之艱難，不聞小人之勞，惟耽樂之從。自時厥後，亦罔或克壽；或十年，或七八年，或五六年，或四三年❹。」

周公曰：「嗚呼！厥亦惟我周太王，王季，克自抑畏❺。文王卑服，即康功、田功。徽柔懿恭，懷保小民，惠鮮鰥寡❻。自朝至于日中昃，不遑暇食，用咸和萬民❼。文王不敢盤于遊、田，以庶邦惟正之供。文王受命惟中身，厥享國五十年❽。」

周公曰：「嗚呼！繼自今，嗣王則其無淫于觀、于逸、于遊、于田，以萬民惟正之供❾。無皇曰：『今日耽樂。』乃非民攸訓，非天攸若，時人丕則有愆❿。無若殷王受之迷亂，酗于酒德哉⓫！」

【注釋】

❶中宗：指殷帝祖乙。王國維據甲骨文資料，及《太平御覽》所引《竹書紀年》證知。《史記》及《鄭玄詩箋》以為太戊，非是。嚴：莊重的樣子。寅：恭敬。度：忖度。祗：敬謹。荒：同「妄」。寧：逸樂。荒寧：過於逸樂。肆：因此。享：饗、受的意思。享國：在位的意思。有：又。

❷高宗：指殷帝武丁。舊：久。相傳武丁還是太子的時候，他父親小乙曾派他行役在外，體會生活的艱苦。故云久勞于外。爰：於是。暨：與。作：及，等到。亮陰：是說高宗慎於言辭。《論語》作「諒陰」，《禮記．喪服四制》作「諒闇」，《尚書大傳》作「梁闇」，《漢書．五行志》作「涼陰」。鄭玄云：「諒闇轉作梁闇，楣，謂之梁。闇，謂廬也。小乙崩，武丁立，憂喪三年之禮，居倚廬柱楣，不言政事。」舊說多解亮陰為天子居喪之所。《呂氏春秋》則謂諒闇不言為天子慎於言辭，茲採其說。馬融說：「亮，信也。陰，默也。」意即實在沉默。一說，陰，同「諳」（音「暗」）。雍：和諧。嘉靖：安定。小：指年幼的人。大：指年長的人。一說，小大指百姓和群臣。時：是，指高宗。五十有九年：《史記》作五十五年，《漢石經》作百年，以前者為是。

❸祖甲：武丁之子。相傳武丁欲立祖甲而廢其兄祖庚，祖甲以為不義，於是一度逃往民間，祖庚死了，才回來即位。故云不義惟王。保惠：保護愛顧。

❹時：是，此。自時厥後：自此之後。耽（音「丹」）：沉溺。之：是，此。從：追求。

❺太王：古公亶父，文王的祖父。王季：名季歷，文王的父親。抑畏：謙遜小心。

❻卑服：粗劣的衣服。即：就。康：與「荒」通，指野外荒地。功：事。康功：墾拓之事。徽：和善。懿：美。懷保：保護。惠鮮：愛護，善待。

❼昗（音「仄」）：同「昃」，日西斜，指黃昏。日中昗：是說自中午到黃昏。遑：暇。不遑：沒有工夫。咸：讀為「諴」，和。

❽盤：樂。田：畋獵。以：有「與」的意思，率領。惟正之供：《國語．楚語》引「正」作「政」。供：同「恭」。一說，供：行。之：是，此。受命：是說稟受天命，繼承父位。中身：中年。據《禮記．文王世子》，文王年九十七而終；則其即位之年，當為四十八。《呂氏春秋．制樂篇》及《韓詩外傳》卷三都說文王在位五十一年，故《偽孔傳》謂文王即位時，年四十七。此言五十年，蓋舉成數言之。

❾繼自今：自今以後。嗣王：繼位的君王。則：句中語詞。無：勿。淫：放縱，過度。觀：指臺榭之樂；《漢石經》引作「酒」，有人以為「觀」為「酒」之誤字。

❿皇：遽。攸：所。訓：順。若：順。時：是。不則：於是。愆：過。

⓫受：商紂名。酗：過度飲酒。德：行為。

【語譯】

周公說：「喔唷！我聽說，以前殷王中宗態度莊重而心懷戒懼，自己忖度老天賦給他的使命，統治人民非常謹慎，不敢過度安樂。因此中宗在位七十五年。到了高宗，他實際上曾久在民間勞動，就和百姓生活在一起。等到他即位時，才能有時候保持沉默，三年之間，不曾隨便說話；就因為他不隨便說話，所以一旦說出來，就顯得非常和穆。他不敢過度享樂，安定了殷國。不論大小臣民，對他都沒有什麼可抱怨的。所以高宗在位五十九年。到了祖甲，他以為自己比兄長先做君王是不合適的，因而他做了很久的平民。等到他即位時，就能了解人民的痛苦，能保護愛憐民眾，不敢去欺侮孤苦無依的人。所以祖甲的享有國運達三十三年。從此以後，所立的君王，一出生就安逸；一出生就安逸，所以不知道耕種收穫的艱難，也不知道人民的辛苦，只知道去追求沉醉逸樂。從此以後，也沒有哪個君王能享高壽的了：（他們在位的時間）有的十年，有的七八年，有的五六年，有的三四年。」

周公說：「喔唷！也只有我們周朝的大王、王季，能委屈自己、敬畏天命。文王穿著粗劣的衣服，從事拓荒、田畝的工作。他和順、善良、恭謹，保護民眾，愛惜孤苦無依的人。從清晨到中午，乃至於到黃昏，他都沒工夫從容吃飯，以求與民眾融洽相處。文王不敢盤桓於遊玩、打獵，而和各國一心恭謹地辦理政事。文王在中年的時候接受了上天賜予的大命，他在位五十年。」

周公說：「喔唷！從今以後繼承（先王）的君主，不要過分地沉醉在臺榭之樂中，在安逸中、在遊玩中、在田獵中，而要和民眾一心恭謹地關心政事。不要遽然地說：『今天大大地享樂一番吧！』（這樣）就不是百姓所能遵循，不是天意所能順應的了。這樣的人就犯了過錯了。不要像殷的國君受那樣迷惑昏亂，過度地沉溺於飲酒的行為啊！」

周公曰：「嗚呼！我聞曰：『古之人猶胥訓告，胥保惠，胥教誨；民無或胥譸張為幻❶。』此厥不聽，人乃訓之；乃變亂先王之正刑，至于小大。民否則厥心違怨，否則厥口詛祝❷。」

周公曰：「嗚呼！自殷王中宗，及高宗，及祖甲，及我周文王，茲四人迪哲❸。厥或告之曰：『小人怨汝詈汝。』則皇自敬德。厥愆，曰：『朕之愆，允若時。』不啻不敢含怒❹。此厥不聽，人乃或譸張為幻。曰：『小人怨汝詈汝。』則信之。則若時，不永念厥辟，不寬綽厥心；亂罰無罪，殺無辜。怨有同，是叢于厥身❺。」

【注釋】

❶胥：相。訓告：告誡、勸導的意思。惠：愛。譸（音「周」）張：誑騙，欺詐。為幻：以假亂真。為：通「偽」。

❷聽：從，察。訓：順。正：政。刑：刑法。小大：這裡指政刑、法度，一說，指臣民。違：恨。詛祝：詛咒。向神說話叫祝，請神加殃叫詛。末二句也有人斷成：「民否，則厥心違怨；否，則厥口詛祝。」

❸迪哲：通達明智。

❹小人：民眾。詈：罵。皇：遽。敬德：注意自己的行為。愆：過失。允：誠然。時：是。不啻：不但。

❺永：深遠。辟：法。綽：寬緩。亂：有人以為是「率」的誤字。同：會合。叢：聚集。

【語譯】

周公說：「喔唷！我聽說：『古時候的人，還互相勸導，互相保護，互相教誨；（因此）人們就沒有互相欺詐造假的。』這個道理若不聽從，人們就會習慣這種壞風氣；就會變更、混亂了先王的政制刑法，乃至於小的大的法度。於是人們心中就會有怨恨的情緒，口中就會有詛咒的言語。」

周公說：「喔唷！從殷王中宗，到高宗，到祖甲，以及我們周文王，這四個人都是明智的。如果有人來告訴他們說：『民眾在怨恨你、責罵你。』他們就會更加謹慎於自己的行為。他們有了過錯，就說：『是我的過失，實在是這樣子的。』不但是不敢生氣而已。這種道理假使不聽從，有的人就會互相欺詐作偽了。如果有人說：『民眾在怨恨你、責罵你。』你就相信了這些話，這樣，就不能深遠地去考慮國家的法度，也不能寬大和緩自己的心胸；胡亂地懲罰沒有過失的人，胡亂地殺害沒有罪過的人。怨恨就會匯合起來，全部聚集到你身上來了。」

周公曰：「嗚呼！嗣王其監於茲❶！」

【注釋】

❶監：鑑。

【語譯】

周公說：「喔唷！（你這）先王的繼承者，可要把這番話引為鑑戒呀！」

析論

〈無逸〉是《尚書》中一篇反映西周初年政治社會的重要文字。據篇中「周公曰」，當係史官記錄，非周公自著。程元敏《尚書周誥十三篇義證》云：「時在成王親政後數年。」根據《史記．魯周公世家》的記載，成王年長之後，周公深恐成王「有所淫佚」，乃作〈無逸〉，來告誡成王。〈魯周公世家〉中還明確地指出了〈無逸〉

的主題：「為人父母，為業至長久，子孫驕奢忘之，以亡其家，為人子可不慎乎！」篇中列舉了殷王中宗等四個勤勞為民的君王，來勉勵成王要知道稼穡艱難，要知道民間疾苦，千萬不可貪圖逸樂。

周人原以農業立國，素有「好耕農」、「宜穀者稼穡」（《史記．周本紀》）的傳統，而殷人則與周人不同。尤其是殷代後期，更是驕奢沉湎，酗酒成風。難怪微子會嘆息說：「我用沉酗于酒，用亂敗厥德于下。」（《尚書．微子》）

周初，有鑑於殷末敗亡的教訓，於是在〈無逸〉中，特別提出：「無若殷王受之迷亂。」據《大戴禮記．少閑》說：紂王「荒耽于酒，淫佚于樂，德昏政亂」，因而喪失民心，國破而家亡。周初以此為戒，因此希望執政者，在政治上要體恤民眾、勤奮政事；在生活上要去驕奢、戒淫佚；在思想上則要謹言慎行、躬自反省。就周公等人而言，戰爭之後的局勢還有待治理，武王卻突然去世了，成王年尚幼小，而殷人不斷地反抗周人的統治，周朝大臣之間也存在著種種矛盾。更值得擔憂的是，導致殷人失敗的酗酒、淫逸等等惡習，已在陶醉於勝利的周人之中傳染開來。

周公等人，審時度勢，當機立斷，毅然提出了「我不可不監于有夏，亦不可不監于有殷。」（〈召誥〉）「人無于水監，當于民監。今惟殷墜厥命，我其可不大監，撫于時。」（〈酒誥〉）並一再強調「嗣王其監于茲！」（〈無逸〉）因而大力提倡奮勉為政的無逸思想。這不但在周初的政治社會裡，起了肯定有力的推動作用，而且對後世的影響也很大。例如《墨子・貴義》中就說：「周公旦朝讀書百篇，夕見漆（一作「七」）十士。故周公旦佐相天子，其修至于今。」《淮南子・道應訓》說：周公「恭儉而知時」。曹操〈短歌行〉說：「周公吐哺，天下歸心。」此皆可見其影響之深遠。甚至在一千多年後的唐代，在唐太宗、魏徵等人的言談中，還可以看出受到周初無逸思想的影響。如魏徵曾說：「人主善始者多，克終者寡，豈取之易而守之難乎？蓋以殷憂則竭誠以盡下，安逸則驕恣而輕物。」（見《通鑒》卷一百九十四〈唐紀〉十）難怪皮錫瑞會說：「無逸見人君當知難，毋以太平漸耽樂逸之義，觀此知憂盛危明，當念魏徵所云十漸不克終矣。」

就文章本身來說，宋代陳大猷曾說：「『所其無逸』，『知小人之依』，此一篇之綱領；後章言三宗、文王及怨詈之事，皆反覆推明乎此也。」這個分析是切中肯綮的。

全文可分為四大段來分析。

第一段，周公開頭便開門見山，告誡成王：「君子所其無逸」。周公認為要做到「無逸」，首先要了解「稼穡之艱難」，因為了解「稼穡之艱難」才能了解「小人」的疾苦。

第二段，總結歷史教訓，說明「無逸」的重要。這一段又可分成三層：第一層總結殷代的教訓，列舉中宗、高宗、祖甲三個國王作為正面的典型。這三個國王，有的「舊勞于外」，有的「舊為小人」，因而「知小人之依」，了解人民的疾苦，「不敢荒寧」而勤於政務，所以享國日久。然後又列舉殷的後王，作反面典型。在談到這些後王時，誥詞感慨地說：「生則逸，不知稼穡之艱難，不聞小人之勞，惟耽樂之從」，所以享國日淺。這種鮮明的對比，充分說明「無逸」的重要。第二層寫文王的「無逸」，著重寫文王勤於政事、寬以待民。這說明文王也和殷商的先王一樣聖明。蔡沈分析說：「言則古昔，必稱商王者，時之近也；必稱文王者，王之親也。舉三宗者，繼世之君也；詳文王者，耳目之所逮也。」讚揚三宗和文王，就是為了給成王樹立學習的榜樣。第三層對成王提出希望和要求。這一層是前兩層的歸結，也是這一大段的重點。文中著重要求成王以殷的後王為戒。

第三段，說明對待民眾怨詈的態度。這一段也可分作三層：第一層分析「怨詈」產生的原因。周公認為如果君臣相互勸戒、規正，小人就不會產生「怨詈」；否則，如果互相欺詐，群臣就會變更法制，小人就會產生「怨詈」。這就是說，「怨詈」雖出於「小人」之口，但根源卻不在「小人」而在「君臣」。因此，第二層寫三宗和文王聽到「怨詈」時，則「皇自敬德」，不認為是小人的過錯，而認為是「朕之愆」，以至「不敢含怒」。第三層寫相反的態度，這種人一聽到「怨詈」的話，便「亂罰無罪，殺無辜」。這樣一來，人們便把怨恨集中在他的身上。兩種態度形成鮮明的對比，意在說明前一種是應當發揚的，後一種則是應當引以為戒的。

最後一段總結全文，再一次語重心長地告誡成王，充分表現了周公對成王的殷切希望。

秦誓

公曰：「嗟！我士！聽無譁！予誓告汝群言之首❶。

「古人有言曰：『民訖自若是多盤。責人斯無難；惟受責俾如流，是惟艱哉❷。』我心之憂；日月逾邁，若弗云來❸。

「惟古之謀人，則曰未就予忌；惟今之謀人，姑將以為親❹。雖則云然，尚猷詢茲黃髮，則罔所愆❺。

「番番良士，旅力既愆，我尚有之❻。仡仡勇夫，射御不違，我尚不欲。惟截截善諞言，俾君子易辭，我皇多有之❼！

「昧昧我思之：如有一介臣，斷斷猗無他技；其心休休焉，其如有容❽。人之有技，若己有之；人之彥聖，其心好之，不啻若自其口出。是能容之。以保我子孫黎民，亦職有利哉❾！人之有技，冒疾以惡之；人之彥聖，而違之俾不達。是不能容。以不能保我子孫黎民，亦曰殆哉❿！

「邦之杌隉，曰由一人；邦之榮懷，亦尚一人之慶⓫。」

【注釋】

❶公：秦穆公。士：指群臣。首：本，等於現在所謂「首要」。

❷訖：止，盡。若：順。是：此。盤：通「般」，邪僻的意思。俾：使。

❸適：越，過。邁：行。若：乃。云：語詞，一作「員」，通「運」，旋、向的意思。

❹就：接近。忌：語詞。一說，忌：當作「惎」，意志的意思。姑將：姑且。「古之謀人」、「今之謀人」的古、今，或可解釋為年老、年輕。

❺猷：與「猶」通。黃髮：老年人。愆：過失。

❻番番：在此音義與「皤皤」同。皤皤：老人髮白的樣子。旅：同「膂」。膂力：指體力。愆：差，失。有之：友之，親近之。

❼仡（音「意」）仡：勇敢雄壯的樣子。違：失，差錯。不欲：不喜愛。一說，不：同「丕」，大量。截截：《公羊傳》引作「諓諓」，淺薄輕巧的樣子。諞（音「片」）：花言巧語。君子：指君主。易辭：《公羊傳》引作「易怠」，輕忽怠惰。皇：遑，暇。一說，皇：況。

❽昧昧：默默、暗暗的意思。介：〈大學〉引作「个」，個。斷斷：誠篤專一的樣子。猗：通「兮」，語中助詞，〈大學〉引作「兮」。休休：寬容的樣子。如：乃。

❾彥：有才德的賢士。聖：明哲。不啻：不但。是：實。亦：語詞。職：實，〈大學〉引作「尚」。

❿冒：通「媢」，嫉妒。疾：嫉。違：戾，牽制。俾：使。達：顯。殆：危。

⓫杌隉（音「物聶」）：不安。一人：穆公自謂。榮：樂。懷：安。尚：庶幾。慶：幸福。

【語譯】

公說：「嗟！我的將士們！注意聽，不要喧嘩！我要宣告你們許多重要的話。

「古人有句話說：『人們從來都是自己安於這樣多的毛病。責斥別人是不困難的，可是受人指責，卻能使自己像流水往低處流一般去接受，就是困難的了。』我心中的憂愁，是光陰一天天地過去了，再也不會回來。

「那些古代有謀略的人，可以說他們是無法指導我的了；只好把現今的謀略之士，姑且當做親近的對象。雖然說是如此，我還是要徵詢老年人的意見，那麼就不會有什麼過錯了。

「白髮皤皤的好謀士，體力雖然已經差了，我還是要親近他。至於英勇強壯的武夫，雖然射箭和駕車的技術都不錯，我還是不喜歡。那些淺薄輕浮、善於花言巧語的人，使君主容易怠慢鬆懈，我哪裡有工夫多去親近他們！

「默默地我在想這件事情：假如有個耿介的官員，非常誠實忠貞而沒有其他的技能；他的心地寬厚，能夠容納別人。別人有了才能，就好像自己具有的一般；對別人的賢明，他內心裡能由衷地讚賞，不但是像他口中所說的那樣而已。這種心地寬厚的人，是可以接受他的。用他來管理我們的子孫民眾，也實在是有利的啊！假使別人有了才能，就妒嫉討厭他；假使別人賢明，就去牽制他，使他不能顯達。這種心胸狹窄的人，是不能接受他的。用這種人就不能管理我們的子孫民眾，也就是危險的了！

「國家的危險不安，是由於君王個人的關係；國家的繁榮安寧，也還是由於君王個人的用人得當！」

析論

本篇是春秋時代秦穆公所作的誓詞。據《左傳》僖公三十二年、三十三年記載，秦穆公聽信了杞子的意見，派孟明視、西乞術、白乙丙等三位大將率領軍隊遠道去偷襲鄭國。出師時，老臣蹇叔竭力勸阻，但穆公不肯聽從，結果被鄭國晉國在殽山截擊，慘遭敗仗（參閱本書〈秦晉殽之戰〉）。本篇就是戰敗以後，穆公自責自悔，向臣屬公開自我檢討的一篇作品。

文章一開始，穆公便引古訓自責，憂慮改過無日，表現出深自痛悔的心情。接著文章分為三個層次，來說明穆公想要接觸「古之謀人」已不可能，退而求其次，只好親近「今之謀人」；即使如此，穆公要親近的，仍是「今之謀人」中的「黃髮」老人。有人把這一段文字解釋為：穆公舉出的三種人，一種是依從古訓、直言敢諫的人；一種是「今之謀人」；一種是「黃髮」老人。第一、三種人是正面人物，第二種屬於反面人物。而且說穆公檢討自己以前對這兩類人的錯誤態度：對第一類人討厭，對第二類人親近，因而給國家帶來了禍害。這種說法，或者可備一說，但從文章的脈絡看來，層次應該是清楚的，穆公在秦軍殽山戰敗之後，他痛自反省，覺得要作戰得勝，光靠武夫是不行的，必須還要有好的謀士，尤其是像蹇叔那種老成持重的人，所以他才會說：「尚猷詢茲黃髮，則罔所愆。」

從這種經驗出發，穆公體會到對臣屬應有的態度。在這裡，文章又分成三個層次來說明。穆公舉出了三種人：一種是「番番良士」，一種是「仡仡勇夫」，一種是「截截善諞言」者。每一種人正好是一個層次。穆公認為，對第一種人應當「我尚有之」，就是要親近他；對第二種人則「我尚不欲」，就是表示不滿意；對第三種人則說是應當疏遠。

最後，穆公說出他心目中理想的臣子，最重要的是必須心地寬厚，對有德有才的人，能夠採取「有容乃大」的態度，才能「保我子孫黎民」，鞏固秦國的統治；否則嫉妒別人的才能，壓制別人的賢聖，對秦國來說，「亦曰殆哉！」很明顯地，這又是分成兩個層次來說明。

本文語言懇摯，音節鏗鏘，從始至終層次分明，寫得很有條理，內容也深刻有理。從思想內容和寫作方法上來看，無疑這是《左傳》的先河，也是先秦散文發展史上的一座里程碑。

【貳】

左傳

《左傳》解題

《左傳》一稱《春秋左氏傳》，是一部編年體的史書。它記載春秋時代的歷史。以魯國為中心，按照魯國國君的世系紀年，起自魯隱公元年（西元前七二二年），到魯哀公二十七年（西元前四六八年）為止，前後共二百五十五年。

作者相傳是魯國的史官左丘明，他充分利用當時所能獲得的文獻資料，記敘春秋時期齊桓公、晉文公、楚莊王、秦穆公等人的霸業，以及諸侯各國的政治、經濟、軍事、外交等方面的活動，對於我們研究春秋時代的歷史，很有參考價值。

《左傳》不僅是珍貴的歷史著作，同時也是傑出的文學作品。

《左傳》寫戰爭的篇目很多，也寫得很精采。它寫戰爭，常常不寫刀槍劍戟的激烈場面，而是選取一些突出的事件，從不同的角度對戰前戰後的因果經過，加生動的鋪敘，賦予作品鮮明的主題。比如〈曹劌論戰〉、〈子魚論戰〉、〈秦晉殽之戰〉、〈秦晉韓之戰〉、〈晉楚城濮之戰〉等等，就是大家所熟知的名篇。《左傳》這種記敘戰爭的方法，對後世影響很大。

《左傳》不但戰爭寫得出色，寫其他的歷史事件，也寫得既真實而又生動。像〈鄭伯克段于鄢〉、〈晉文公重耳之亡〉等，都能在歷史事件的記敘中，注意構思和選材，用極少的筆墨就能刻劃人物和概括事件，使之既符合歷史實際，又能做到主題突出，表現了作者高度的文學才華與創作能力。

漢代以後，儒家把《左傳》與《公羊傳》、《穀梁傳》並列，合稱「春秋三傳」，認為同是解釋孔子編定的《春秋》而作。《左傳》以記敘史實為主，《公羊》、《穀梁》則以解釋經義為主。唐代以後，有不少學者提出異議。因為從書中史實看，《左傳》內容和《春秋》經文並不完全契合，而且所記的史實，比《春秋》還多出二十七年。因此，有人懷疑作者不是孔子同時代的左丘明，而是另有其人。

東漢以來，注解《左傳》的書很多，晉朝杜預的《春秋左氏傳集解》、唐朝孔穎達的《春秋左傳正義》、清朝洪亮吉的《春秋左傳詁》是讀者熟悉的參考書籍。此外，王伯祥的《左傳選注》和楊伯峻的《春秋左傳注》，對於初學者，都很有參考的價值。

左傳選

鄭伯克段于鄢

左傳

【經】❶

元年春，王正月❷……

夏，五月，鄭伯克段于鄢❸。

【注釋】

❶ 經：《春秋》的簡稱。相傳是孔子根據魯國史籍《春秋》加以筆削而成。

❷ 元年：魯隱公元年，即周平王四十年，西元前七二二年。《春秋》一書，編年紀事，從本年開始。王正月：指周朝的正月，相當於今天所說的國曆元月。

❸ 此句謂夏季五月，鄭莊公在鄢地擊敗了他的弟弟共叔段。鄭：春秋時姬姓國名，初都棫林（今陝西華縣西北），鄭武公（莊公的父親）時，始遷新鄭（今河南新鄭縣）。鄭伯：指鄭莊公，鄭是「伯」一級的諸侯國，因此稱莊公為伯。段：即共叔段，莊公胞弟，因為後來出奔共國，故稱共叔段。鄢：原是妘姓國名，為鄭武公所滅。後來改為鄢陵，即今河南鄢陵縣。一說，鄢為「鄔」之誤。

【傳】❶

初❷鄭武公娶于申❸，曰武姜❹，生莊公及共叔段。莊公寤生❺，驚姜氏，故名曰寤生。遂惡之。愛共叔段，欲立之。亟請❻于武公，公弗許。及莊公即位，為之請制❼。公曰：「制，巖邑❽也。虢叔❾死焉；他邑唯命。」請京❿，使居之，謂之京城大叔⓫。

【注釋】

❶ 傳：指《左傳》。以下即是《左傳》有關「鄭伯克段于鄢」的記敘文字。
❷ 初：當初，追述往事的語辭。
❸ 鄭武公娶于申：鄭武公娶了申國女子為妻。武公：名掘突，武是死後謚號。公是諸侯的通稱。申：姜姓侯爵之國，地在今河南南陽縣。
❹ 武姜：武公妻姜氏。當時婦女稱謂，每繫母國的姓，申是姜姓國，所以稱武公的夫人叫武姜。
❺ 寤生：難產。出生時，腳先頭後。
❻ 亟請：屢次請求。
❼ 為之請制：武姜為共叔段請求封在制地。制：地名，又名虎牢關，在今河南汜水縣西。
❽ 巖邑：險要的城邑。
❾ 虢：姬姓國，有東西二國。虢叔：這裡指東虢國君。故城在今河南滎澤縣。東虢叔自恃地勢險要，

不修德政，被鄭武公滅掉。武姜為段請封險要之地，莊公其實是怕段佔據險要地勢不好對付，所以不肯給他。

❿ 京：地名，今河南滎陽縣東南，距當時鄭都新鄭很近。

⓫ 大：同「太」。叔：對段的尊稱。

【語譯】

起初，鄭武公娶了申國的女子為妻，名叫武姜，生了莊公和共叔段。莊公是難產（腳先頭後）生出來的，驚嚇了姜氏，所以稱為「寤生」，也因此姜氏討厭他。姜氏喜歡共叔段，要立他為太子，屢次向武公請求，武公不答應。等到莊公即位，姜氏為共叔段請求制地作為封邑，莊公說：「制地是地勢險要的地方，虢叔死在那裡，其他地方唯命是從。」姜氏改而請求京城，讓共叔段住在那裡，稱為京城太叔。

祭仲❶曰：「都城過百雉❷，國之害也。先王之制，大都，不過參國之一；中，五之一；小，九之一。今京不度❸，非制也，君將不堪❹。」公曰：「姜氏欲之，焉辟害❺？」對曰：「姜氏何厭❻之有！不如早為之所❼，無使滋蔓！蔓，難圖❽也。蔓草猶不可除，況君之寵弟乎？」公曰：「多行不義，必

自斃❾。子姑待之❿。」

【注釋】

❶祭（音「債」）仲：鄭國大夫，字足，也稱祭足或祭仲足。

❷雉：牆長一丈、高一丈叫堵，三堵叫雉。雉高一丈、長三丈。根據當時的規定，侯伯之都城（鄭是伯級）只能方五里，計每面牆長九百丈，即三百雉。所屬的都城，大的不能超過它的三分之一，中等的不能超過五分之一，小的不能超過九分之一。下文「大都，不過參國之一；中，五之一；小，九之一」，就是指此而言。

❸京：京邑。不度：不合法度。

❹不堪：不任，受不了的意思。

❺焉：怎麼能。辟：同「避」。

❻厭：滿足。

❼所：這裡是處理、處置的意思。

❽難圖：難謀、難辦。

❾自斃：自取滅亡。斃：踣，跌跤。

❿子：您，對祭仲的尊稱。

【語譯】

祭仲對莊公說：「凡屬都邑，城垣的周圍超過三百丈，就是國家的禍害。先王規定的制度：大的都邑，不超過國都的三分之一；中等的，不超過五分之一；小的，不超過九分之一。現在京城不合規定，這不是應有的制度，君王會受不了的。」莊公說：「姜氏要它，又哪能避免禍害呢？」祭仲回答說：「姜氏怎麼會有滿足的時候？不如及早加以處置，不要讓它滋生蔓延。一經蔓延就難於對付了。蔓延的野草尚且不能鋤掉，更何況是您受寵的兄弟呢？」莊公說：「多做不義的事情，必然自己搞垮。您姑且等著這一天吧！」

既而大叔命西鄙北鄙貳於己❶。公子呂❷曰：「國不堪貳❸，君將若之何？欲與大叔，臣請事之❹。若弗與，則請除之，無生民心❺！」公曰：「無庸，將自及❻。」大叔又收貳以為己邑，至于廩延❼。子封曰：「可矣！厚將得眾❽。」公曰：「不義不暱❾，厚將崩。」

【注釋】

❶ 鄙：邊城。西鄙北鄙：西邊和北邊的邊城。貳於己：是說使之產生異心，叛離莊公而歸屬自己。

❷ 公子呂：鄭大夫，字子封。

❸ 國不堪貳：一個國家不能承受兩個國君的同時統治。貳：兩個國君。

❹ 此二句是說：如果打算把國家政權交給大叔，那麼我願意去臣事他。

❺ 無生民心：不要使鄭國人民產生懷疑。

❻ 無庸：用不著。庸：同「用」。

❼ 廩延：即「延津」，在今河南延津縣北，是鄭國的北鄙。

❽ 厚：勢力雄大。眾：民心。

❾ 不義：對君不義。不暱：對兄長不親近。一說，此句謂不講道義就不能結合群眾。

【語譯】

不久太叔命令西部和北部邊境同時聽命於自己。公子呂說：「國家不能忍受這種兩面聽命的情況，君王打算對這個怎麼辦？君王要是想把君位讓給太叔，下臣願意去事奉他；如果不給，那就請除掉他，不要讓老百姓生出異心！」莊公說：「用不著，他將會自取其禍。」太叔進而又收取那兩屬的地方作為自己的封邑，一直擴大到廩延。子封（公子呂）說：「可以下手了。他勢力再雄厚的話，將會得到民心。」莊公說：「不講正義就不能團結人民，勢力即使雄厚，一樣會崩潰。」

大叔完聚❶，繕甲兵，具卒乘❷，將襲鄭。夫人將啟之❸。公聞其期，曰：「可矣！」命子封帥車二百乘❹以伐京。京叛大叔段，段入于鄢。公伐諸鄢。五月辛丑❺，大叔出奔共❻。

【注釋】

❶ 完：修整城郭。聚：聚集糧食。

❷ 繕：修理。甲：盔甲。兵：武器。具：具備。卒：步兵。乘：兵車。古時一車四馬，就叫一乘。車上三人，車後步兵七十二人。

❸ 大人：指武姜。啟之：開城門做內應。

❹ 乘：春秋時多以車戰，車一輛就叫一乘。

❺ 五月辛丑：古人用天干地支（即甲子、乙丑……）記日，五月辛丑就是那年五月的辛丑（二十三日）那一天。

❻ 共：本為國名，後為衛國別邑，在今河南輝縣。出奔共：離開國境，到共地去。《公羊傳》、《穀梁傳》卻說是鄭伯殺段。

【語譯】

太叔整治城郭，積聚糧食，修治盔甲武器，充實步兵戰車，準備襲擊鄭國都城。姜氏打算作為內應打開城門。莊公聽到太叔起兵的日期，說：「可以了。」就命令子封（公子呂）率領二百輛戰車去攻打京城。京城的人民反對太叔，太叔逃到鄢地去。莊公帶兵趕到鄢地攻打他。五月二十三日，太叔出了國境，逃往共國。

書曰：「鄭伯克段于鄢❶。」段不弟❷，故不言弟；如二君，故曰克；稱鄭伯，譏失教也；謂之鄭志，不言出奔，難之也❸。

【注釋】

❶ 書：指《春秋》經。引號內這句話，是《春秋》原文。下文「段不弟」等九句，是解釋《春秋》記這次事件的用意。文中對鄭莊公和共叔段，都有貶辭。

❷ 不弟：不遵弟道，指段是弟弟，卻與兄鄭伯爭奪政權。

❸ 討伐共叔段是出於鄭莊公的本意，所以不說是共叔段出奔。共叔段是被趕殺逃走的，不是自動出奔，所以不寫出奔。《春秋》這麼寫，含有責難莊公的意思。

【語譯】

《春秋》書上說：「鄭伯克段於鄢。」太叔段爭權，不像弟弟，所以不提「弟」字；兄弟相爭，如同兩個國君對立，所以稱之為「克」；稱莊公為「鄭伯」，是譏刺他對弟弟有失教化，說明這件事情出自莊公的本心。不說共叔段「出奔」，是也有責難莊公的意思呀！

遂寘姜氏于城潁❶，而誓之曰：「不及黃泉，無相見也❷！」既而悔之。潁考叔為潁谷封人❸，聞之，有獻於公。公賜之食，食舍肉。公問之。對曰：「小人有母，皆嘗小人之食矣，未嘗君之羹，請以遺之❹。」公曰：「爾有母遺，繄我獨無❺！」潁考叔曰：「敢問何謂也？」公語之故，且告之悔。對曰：「君何患焉！若闕❻地及泉，隧❼而相見，其誰曰不然？」公從之。公入而賦❽：「大隧之中，其樂也融融❾！」姜出而賦：「大隧之外，其樂也洩洩❿！」遂為母子如初⓫。

【注釋】

❶寘：同「置」，安置，這裡有幽禁的意思。城潁：鄭邑，今河南臨潁縣西北。

❷黃泉：古代認為天玄地黃，泉在地下，所以叫黃泉。及：至。人死後葬在地下。此二句是說：不到死後，不和姜氏見面。

❸潁考叔：人名。潁谷：地名，在今河南登封縣西南。封人：官名，掌管封疆的官長。

❹羹：肉湯。上文的「肉」，即湯裡的肉。遺：贈送。

❺繄（音「依」）：語助詞，無義。

❻闕：通「掘」。

❼隧：地道。

❽賦：賦詩。

❾融融：和樂相得的樣子。中、融協韻。

❿洩洩：舒散快樂的樣子。外、洩協韻。

⓫是說終於恢復了母子之間最初的感情。

【語譯】

於是莊公就安置姜氏在城潁，而且發誓說：「不到黃泉，就不要相見了。」後來又後悔說了這些話。潁考叔是當時潁谷這地方的封人，聽到這件事，就找一些東西獻給莊公。莊公賞賜他吃飯，吃飯的時候，他放下肉不吃。莊公問他為什麼，他回答說：「小人有母親，都嘗過小人所吃的食物，但沒有嘗過君王的肉湯，因此希望帶回去送給她。」莊公說：「你有母親可送，為什麼我卻偏偏沒有？」潁考叔說：「斗膽請問：這是什麼意思呢？」莊公就告訴他原因，並且告訴他自己的悔意。潁考叔回答說：「君王有什麼可擔心的呢？如果掘地深到泉下，在隧道中來相見，那還有誰會說不對？」莊公聽從了潁考叔的話。莊公進入隧道，賦詩說：「在大隧道之中，那種快樂呀有如水之交融。」姜氏走出隧道，賦詩說：「在大隧道之外，那種快樂呀有如水之奔瀉。」終於恢復母子之情，像原來一樣。

君子曰❶：「潁考叔，純孝也，愛其母，施❷及莊公。詩曰：『孝子不匱，永錫爾類❸。』其是之謂乎？」

【注釋】

❶《左傳》的君子曰，多是採取當時所謂君子者的話。

❷施：延長，推廣。

❸語見《詩經．大雅．既醉》。匱：竭盡，缺乏。錫：賜予。類：族類。

【語譯】

君子說：「潁考叔真是純孝呀。愛他的母親，擴大而及於莊公。《詩經》說：『孝子不會短缺，永遠可以影響你的同類』，應該就是這樣的意思吧！」

析論

這篇文章選自《左傳》魯隱公元年，記敘春秋時代鄭國的一次內亂，主要是鄭莊公和他弟弟發生權位之爭，最後鄭莊公在鄢（今河南鄢陵。一說，鄢當作「鄔」，在河南緱氏縣西南）打敗了他的弟弟共叔段。標題是孔子《春秋》經裡的一句經文。

鄭國的始祖姬友，是周厲王的少子，周宣王的弟弟，始封於鄭（今陝西華縣），號鄭桓公。周幽王時，鄭桓公鑑於西周國勢危急，寄居於現在河南新鄭一帶的東虢和鄶國。鄭桓公死，其子鄭武公滅了東虢和鄶國，佔有其地，成為周都以南一個重要的諸侯。〈鄭伯克段于鄢〉這篇文章裡的鄭伯——鄭莊公和共叔段，都是鄭武公的兒子。

這篇文章重點是寫鄭莊公的兄弟之爭，當然作者可以直接描寫莊公兄弟在鄢地發生爭戰的經過情形。不過，作者不這樣寫，他對戰爭只用「京叛大叔段，段入于鄢。公伐諸鄢。五月辛丑，大叔出奔共」幾句話，反而側重於記敘鄢地之戰的前因後果。依作者的看法，莊公兄弟所以發生鬩牆之爭，有一個關鍵人物，那就是他們的母親姜氏。沒有姜氏的偏私，莊公的性格大概不致那樣陰沉，共叔段的野心大概也不敢那樣放肆。因為要寫姜氏，文章自然就從「鄭武公娶于申，曰武姜」寫起了。

文章的第一段，是追敘事件發生的遠因。姜氏生下長子莊公的時候，因為難產受了驚，因此對莊公一直不喜歡。在莊公沒有即位之前，她就常常向鄭武公建議改立太子，廢去莊公而另立幼子共叔段。等到莊公即位之後，她仍不死心，要為共叔段爭取形勢最險要的封地。越寫姜氏對共叔段的照顧，就越顯出姜氏對莊公的憎惡。當姜氏為共叔段請制的時候，莊公回答說：「制，巖邑也，虢叔死焉；他邑唯命。」表面上看來，莊公好像很關心弟弟，事實上，這位從小就得不到母愛的一國之君，很早就謀慮深遠，知道如何防範母親和弟弟了。

第二、三兩段說明事件發生的近因。第二段承接第一段，說明共叔段被封在京城之後，擴大都城，不合法制，爭權奪位的野心日漸顯著了。鄭國大夫祭仲開始進諫莊公，要「早為之所，無使滋蔓」，否則「君將不堪」。這是舉例說明莊公左右的國家大臣，已經對共叔段的僭越和姜氏的偏心，表示不滿。當莊公回答祭仲「姜氏欲之，焉辟害」的時候，我們也可以認為他對母親孝順，不敢違抗，但等他提到弟弟共叔段「多行不義，必自斃。子姑待之」的時候，我們對他心機的深沉，也可以有所覺察了。原來他是故意讓他弟弟日益坐大，讓群臣紛來進諫，而非顧念什麼母子、手足之情。

第三段說明共叔段果然日益坐大，不僅擴大都城而已，而且開始不斷自己擴大屬地，引起更多鄭國大夫的不滿。當共叔段命令西鄙北鄙要同時接受他管轄時，公子呂進諫莊公，言下之意，當日共叔段的勢力，已足與莊公相侔，所以話說得很嚴重。後來等到共叔段得寸進尺，乾脆收西鄙北鄙作為自己的屬地，一直擴充到廩延的時候，子封（就是公子呂）又向莊公進諫，不可再讓步了。對於這些事情，莊公的反應，非常冷靜，絲毫不緊張。他的回答都非常簡短：「無庸，將自及。」「不義不暱，厚將崩。」可以說對弟弟已無手足之情。就好像是設好了陷阱，正等著他弟弟一步一步走向前來。

第四段寫鄭伯克段于鄢這一歷史事件發生的經過。共叔段做好了爭權篡位的戰前準備工作，他的母親姜氏也將在國都裡做內應，為他開啟城門。共叔段和他母親的商議，應該是絕大機密，不會洩露的，哪裡知道這一切機密，都在莊公的掌握之中。「公聞其期」一句，足以說明莊公早已派有間諜潛伏在共叔段和姜氏的身邊。「命子封帥車二百乘以伐京」一句，則是說明時機已經成熟，所以莊公派了曾經兩次建議剷除共叔段的子封，帶兵去討伐共叔段，這是最高明的人事安排。「京叛大叔段」一句，更說明了莊公早已成竹在胸，洞燭機先，連共叔段的基地，都早已做好政治作戰的策略。因此，在事件爆發前，表面上是共叔段和姜氏步步逼進，事實上，卻是他們步步走向莊公所設好的陷阱。因此，共叔段一叛變，莊公很快就能「伐諸鄢」，逼殺弟弟逃亡到共國去。至此，我們也可以領會上文寫祭仲等人進諫時，莊公的反應那麼冷靜，絕對不是顧念什麼手足之情。孔子的《春秋》經文，《公羊》、《穀梁》二傳所要闡揚的微言大義，就是從這個觀點，來批評整個事件的。

第五段是解釋史籍（《春秋》）上，所以把這一歷史事件標題為「鄭伯克段于鄢」的原因。關於這個，請參閱附錄孔子《春秋》經文及《公羊》、《穀梁》二傳有關的論述，此不贅論。

第六段是寫事件發生後，莊公受了潁考叔的孝心所感動，和母親姜氏復為母子如初的經過。

莊公所以受到潁考叔的孝心所感動，也有原因。第一，莊公起先以他母親叛國，把她囚禁在城潁那地方，而潁考叔正是從那地方來的官員；在地緣上，容易讓莊公想起母親。第二，莊公從小就得不到母愛，這對莊公來說，畢竟是人生一大欠缺。不管母親如何偏心，他對母愛的渴求，恐怕不是權位所能取代的。說不定越得不到的東西，才越要去追求呢！因此，莊公囚禁母親之後，原是一時氣憤，發誓說不及黃泉不相見，但不久又「既而悔之」起來。第三，莊公賜食的時候，潁考叔藉「食舍肉」來引起莊公注意，進而引起莊公對母親的懷念。上文說莊公「既而悔之」，表示莊公對母親其實是未能忘情，現在再經潁考叔這一觸引，自然更容易流露真情。第四，君王向無戲言，莊公既然已經發誓，「不及黃泉」，就不跟母親見面，總不好食言背誓。這一點，潁考叔也提供了最好的解決辦法。「不及黃泉」是說不到地下，原是指死後，但是就字面上說，只要是有泉水湧出的地下，都可以說是「黃泉」，因此，挖個隧道，母子在有泉水的隧道中相見，還有誰會說莊公食言背誓呢？

莊公接受了潁考叔的建議，果然挖了隧道，和母親在隧道中相見。莊公的「入而賦」，姜氏的「出而賦」，正說明前嫌盡棄，二人恢復了母子之間應有的情感，呈現了一片和樂的氣氛。末段引用當時「君子」的論贊之語，除了說明孝心的可貴之外，或許還可以讓我們覺得：《左傳》所寫的這段史實，重點似乎不在鄭伯克段于鄢本身，而是側重於描寫莊公母子之間的親情。

【附錄一】

《春秋》魯隱公元年

元年春，王正月。

三月，公及邾儀父盟于蔑❶。

夏五月，鄭伯克段于鄢。

秋七月，天王使宰咺來歸惠公仲子之賵❷。

九月，及宋人盟于宿❸。

冬十有二月，祭伯來❹。

公子益師卒❺。

【注釋】

❶公：指魯隱公。邾：曹姓諸侯國名。儀父（音「輔」）：邾國的國君。盟：訂立盟約。蔑：地名，在今山東泗水縣東。

❷ 天王：周天子，指周平王。宰：官名。咺（音「宣」）：人名。歸：饋，送。賵（音「奉」）：送給喪家送葬的禮物，如車馬束帛等。此句謂：周天子派遣宰咺送給死者惠公夫人仲子一份贈禮。

❸ 宿：諸侯國名，今山東東平。

❹ 祭（音「債」）伯：人名。舊注：王朝卿士。

❺ 益師：魯孝公的兒子，字眾父。卒：大夫死叫卒。

【附錄二】

鄭伯克段于鄢

《公羊傳．隱公元年》

夏，五月，鄭伯克段于鄢❶。

克之者何？殺之也。殺之，則曷為謂之克？大鄭伯之惡也。曷為大鄭伯之惡？母欲立之，己殺之，如勿與而已矣❷。

段者何？鄭伯之弟也。何以不稱弟？當國也❸。

其地何？當國也。齊人殺無知，何以不地？在內也。在內，雖當國，不地也。不當國，雖在外，亦不地也❹。

【注釋】

❶ 以上是《春秋》經文，以下是《公羊傳》文。《公羊傳》和《穀梁傳》有個共同特點：多採用先設問，然後闡發「義理」。

❷ 大：擴大，有揭露、揭穿的意思。這裡三問三答，綜釋「克」字。鄭伯與共叔段是同胞兄弟。母親要立段為君，鄭伯不給就算了，卻處心積慮地陷段於罪，顯示他內心很陰險，所以作者要揭穿他。

❸ 不稱段為弟，是因為段佔地奪權，儼然是國君的樣子，所以《公羊傳》稱鄭伯在鄢地把段擊滅了。其實共叔段是逃到共地去了。不說他是「出奔」，正有責難的意思。

❹ 「齊人殺無知」幾句：是《公羊傳》說明自己著述的體例。無知的事，發生在魯莊公九年。《公羊傳》的體例，一個纂立的國君，如果國人起來擊滅他，就當作殺了一個大夫來記載；如果他當國行使了政權，但卻沒有得到諸侯國家的承認，國人起來擊滅他，這樣的情況，都是不標明被擊滅的地點的。末句的意思是：如果段不當國，在外被擊滅，也就不標明地點了；但段當國，逃奔在外，他的主力雖然已被擊滅，但還可能結連鄰國，復為內亂，所以標明其地。

【附錄三】

鄭伯克段于鄢

《穀梁傳．隱公元年》

夏，五月，鄭伯克段于鄢❶。

克者何？能也。何能也？能殺也。何以不言殺？見段之有徒眾也❷。段，鄭伯弟也。何以知其為弟也？殺世子母弟目君，以其目君，知其為弟也。段，弟也，而弗謂弟也；公子也，而弗謂公子，貶之也❸。段失子弟之道矣，賤段而甚鄭伯也❹。何甚乎鄭伯？甚鄭伯之處心積慮，成於殺也❺。于鄢，遠也，猶曰取之其母之懷中而殺之云爾，甚之也❻。然則為鄭伯者宜奈何？緩追逸賊，親親之道也❼。

【注釋】

❶ 以上是《春秋》經文，以下是《穀梁傳》文。

❷ 有徒眾：是說擁有軍隊，能稱兵作亂。徒：步兵。這裡也三問三答，用來解釋「克」字。段在鄭國擁有土地和軍隊，儼然是一個國君。戰勝稱克，稱克不稱殺，意味著一個國家攻打另一個國家。克

這個字，對鄭伯寓有貶意。

❸ 殺世子母弟目君：謂人家都說是鄭伯殺了世子的胞弟。母弟：指同母弟弟。目：稱，看待。君：指鄭伯。諸侯君位的合法繼承人叫世子。鄭伯已立，仍稱世子，說明母之請立和段之有意爭立。不稱弟，不稱公子，都寓有對段的貶意。

❹ 賤段而甚鄭伯：是說鄙視段的行為，其實是反而更加重對鄭伯的譴責。

❺ 鄭伯千方百計陷段於罪，從而殺了他，所以對鄭伯應當加重譴責。

❻ 此句《公羊傳》、《穀梁傳》闡發的意思不同。《穀梁傳》以為鄢地離鄭已遠，鄭伯卻仍追殺段，正如取自其母懷中而殺之。這是更嚴厲地指責鄭伯的蓄意殺弟。

❼ 處在鄭伯的地位，要怎樣做才對呢？依照作者的意思，既然是同胞兄弟，段已經敗逃了，應該慢慢地追他，讓他逃走就算了，這樣才合乎於「親親」的原則。

曹劌論戰

左傳

十年[1]春，齊師伐我[2]。公[3]將戰。曹劌請見[4]。其鄉人[5]曰：「肉食者[6]謀之，又何間焉[7]？」劌曰：「肉食者鄙[8]，未能遠謀。」乃入見，問何以戰[9]。公曰：「衣食所安[10]，弗敢專[11]也，必以分人[12]。」對曰：「小惠[13]未徧，民弗從[14]也。」公曰：「犧牲玉帛，弗敢加也，必以信[15]。」對曰：「小信未孚[16]，神弗福[17]也。」公曰：「小大之獄[18]，雖不能察[19]，必以情[20]。」對曰：「忠之屬也[21]，可以一戰。戰則請從[22]。」

公與之乘[23]，戰于長勺[24]。公將鼓之[25]。劌曰：「未可。」齊人三鼓[26]。劌曰：「可矣。」齊師敗績[27]，公將馳之[28]。劌曰：「未可。」下視其轍[29]，登軾[30]而望之，曰：「可矣。」遂逐[31]齊師。

既克[32]，公問其故，對曰：「夫[33]戰，勇氣也[34]。一鼓作氣[35]，再而衰[36]，三而竭，彼竭我盈[37]，故克之。夫大國難測[38]也，懼有伏焉[39]。吾視其轍亂[40]，望其旗靡[41]，故逐之。」

【注釋】

❶十年：指魯莊公十年（西元前六八四年）。《春秋》經說：「十年春，王正月，公敗齊師于長勺。」

❷齊師：齊國的軍隊。伐：攻打。我：指魯國。《左傳》相傳是魯國史官左丘明所作，所以傳文中稱魯國為「我」。

❸公：指魯莊公。

❹曹劌（音「貴」）：大概是魯國一位沒有權勢的公族。《戰國策》、《史記》都作曹沫。請見：請求接見。

❺鄉人：鄉親，鄉里中人。

❻肉食者：指在位做官的人。

❼間：參與。

❽鄙：淺陋。

❾何以戰：憑什麼條件去作戰。

❿衣食所安：凡是衣、食這些使人安逸的東西。

⓫弗敢專：不敢獨自享有。

⓬必以分人：一定拿來分給別人。

⓭小惠：小小的恩惠。指衣食弗專、必以分人之事。

⓮弗從：是說百姓不會因此而肯跟從您去死戰的。

⓯犧牲玉帛：祭祀用的牛、羊、豬和寶玉、絲綢等東西。這三句是說：祭物有一定的數量，不敢自行增加；但在向神和祖先禱告時，必定忠誠老實，不敢誇大。

⓰孚：相信。此句是說：對神不說謊話，這是小信用，還不能使神相信你。

⓱福：保佑。

⑱小大之獄：一切大小訴訟的事。
⑲察：徹查清楚。
⑳必以情：一定按照實情。
㉑忠之屬也：這是盡心為百姓的表現啊。
㉒請從：請求跟您同去。
㉓公與之乘：莊公和曹劌同坐在一輛兵車裡。
㉔長勺（音「朔」）：魯國地名，在今山東省境內，詳址不可確考。
㉕鼓之：擂鼓進兵。古代作戰時，進攻就擂鼓。
㉖三鼓：擂了三次鼓。
㉗敗績：敗仗，大敗。
㉘馳之：驅車追趕敵人。
㉙轍：車輛輾出的痕跡。此句是說：下車去察看齊軍戰車的輪跡。
㉚登軾：攀登車前的橫木。
㉛遂：就。逐：追擊。
㉜既克：已經打了勝仗。
㉝夫（音「福」）：發語詞。
㉞此二句是說：打仗是全靠兵士們的一股勇氣。
㉟一鼓作氣：第一次擂鼓時，戰士們鼓足了勇氣。
㊱再而衰：第二次擂鼓時，勇氣就有些衰弱了。
㊲彼竭我盈：敵人已經喪失了勇氣，我軍勇氣卻正充沛。
㊳此句是說：齊國是個大國，難以徹底了解它的實力，也許是詐敗。

㊴ 懼有伏焉：恐怕有埋伏。

㊵ 轍亂：戰車的輪跡很混亂。

㊶ 旗靡：旗幟倒了下去。

【語譯】

魯莊公十年春，齊國的軍隊攻打我國。莊公準備迎戰。曹劌請求接見。他的同鄉人說：「吃肉的人在那裡謀劃，你又何必去參與呢？」曹劌說：「吃肉的人眼光短淺，不能作長遠考慮。」於是入宮覲見，問莊公憑什麼來作戰。莊公說：「衣服飲食這些可以溫飽的東西，不敢獨自享受，一定拿來分給別人。」曹劌回答說：「小小恩惠不能普及，百姓不會跟從你去死戰的。」莊公說：「祭祀用的牛羊玉帛，不敢擅自增加，但禱告時一定誠實。」曹劌回答說：「小小誠實沒有贏得信任，神靈不會降福的。」莊公說：「大大小小的案件，雖然不能一一洞察，但必定按照情理來處理。」曹劌回答說：「這是盡心為百姓的一種表現，可以憑這個打一仗。打起仗來，就請讓我跟隨前去。」

莊公和他同乘一輛兵車，在長勺作戰。莊公準備擊鼓。曹劌說：「還不行。」齊人擂了三次鼓。曹劌說：「可以了。」齊軍大敗。莊公準備驅車追上去。曹劌說：「還不行。」下車，細看齊軍的軍轍，然後登上車前橫板遠望，說：「行了。」於是追逐齊軍。

戰勝以後，莊公問他什麼緣故。他回答說：「說到作戰，靠的全是勇氣。第一次擂鼓，可以振作勇氣。第二通鼓，就有些衰退了。到了第三通鼓，勇氣就竭盡了。他們喪失了勇氣時，我們的勇氣正充沛，所以戰勝他們。齊是大國，難以預測，恐怕他們有埋伏的兵馬。我細看他們的車轍已經雜亂，遠望他們的旗子已經倒下，所以才追趕他們。」

析論

這篇文章，選自《左傳．莊公十年》，記敘齊、魯二國之間的一次戰爭。題目是後人加上的，有的題作〈曹劌論戰〉，也有人叫它〈齊魯長勺之戰〉。

這次戰爭，發生在魯莊公十年（西元前六八四年）的春天。背景是這樣的：西元前六八六年，齊國因襄公無道，發生了內亂。公孫無知殺死了齊襄公，自立為君。亂前，鮑叔牙見朝中政令無常，先奉公子小白奔莒；亂起時，管仲、召忽又奉公子糾奔魯，投靠魯莊公。不久，公孫無知又被殺死，國內無君。魯莊公為了讓公子糾當齊君，便在西元前六八五年的夏天，派兵護送他回國。不料公子小白捷足先登，繼承了君位，他就是著名的五霸之一的齊桓公。齊桓公派兵攔截公子糾，在乾時（今山東淄博市西南）打敗了魯軍，並逼迫魯莊公殺死了公子糾。由於齊桓公懷有爭霸天下的雄心，不肯就此罷休，因而於西元前六八四年春天，再次向魯國發兵進攻。雙方戰於長勺，就是所謂齊魯長勺之戰。

交戰的雙方，力量是懸殊的。齊國是春秋時代的強國（在今山東東部），而魯國（在今山東南部）比起齊國來就差得多。因此，這次戰爭雖然是齊、魯兩國之間爭權奪利的戰爭，但齊國是大國，是強國；魯國是小國，是弱國。這篇文章記敘的，就是弱小的魯國，怎樣打敗強大的齊國。

這篇文章分為三段，第一段寫戰前，第二段寫戰時，第三段寫戰後。在寫作上，這三段文字都緊扣曹劌「論戰」來選取材料，以突出他的遠謀高見。文章的開頭，先交代故事的背景，敘述非常簡潔有力。《左傳》的作者是魯國人，所以稱魯為「我」。齊師來伐，魯莊公決定抗戰，曹劌關心國事，去見莊公，要求參與這次戰爭。故事於是展開。

我們綜觀全文，可以發現曹劌指揮魯國軍隊，所以致勝的原因，主要有兩點。而這兩點，正好和文章的前兩個大段互為因依：一是能夠做好戰前準備，一是能夠利用有利時機。

就前者言，齊強魯弱，強敵壓境，在這種情形下，如果魯國匆促應戰，一定潰敗無疑。曹劌看到這一點，以為國家興亡，人人有責，所以不顧鄉人的勸阻，自己去求見魯莊公，問他「何以戰」？這一點，魯莊公是不清楚的。因此，當曹劌問他憑藉什麼條件同齊國作戰時，他首先說明由於他平日以衣食分人，因而獲得了貴族的支持。

其次，又舉出因為他能夠誠敬地祭祀神靈，因而可以得到神靈的保佑。這兩點都被曹劌一一否定了。最後他才提出當他處理大小獄訟案件時，盡可能竭心盡力，按實情來秉公處理，曹劌聽了以後，才斷然肯定：「可以一戰」。由此可見，曹劌認為對齊作戰，最重要的，不在於貴族的是否支持，也不在於神靈是否保佑，而在於民心的向背，是否能取得民眾的信賴和支持，這就是所謂「取信於民」。曹劌能夠意識到政治和軍事的關係，在戰爭之前，要先做好政治準備，這是很高明的見解。

就後者言，用兵作戰，不可不爭取有利時機。這一點，同樣也是魯莊公所不了解的。當戰爭開始了，魯莊公便要擊鼓進軍，曹劌以為時機未到，便勸止了他。等到「齊人三鼓」以後，曹劌才請魯莊公下令進攻，結果打了一次大勝仗。為什麼要這樣做呢？因為作戰是要靠士氣的。等到「齊人三鼓」，士氣低落了，魯國才發起進攻，這時魯軍士氣旺盛，彼竭我盛，所以取得了勝利。在這裡，不僅說明了戰爭要善於選取有利於反攻的時機，同時也表現了曹劌機智沉著，善於指揮，確為「肉食者」所不及。

進攻要選擇有利時機，同樣的，追擊也要選擇有利時機。當齊軍剛剛敗退，魯莊公就要去追擊了，而曹劌則不然。他並不因為取得初步勝利，就輕敵追擊，他對敵人保持著高度的警惕性。因為齊是強國，兵力雄厚，很可能設有埋伏，誘敵深入，所以在追擊之前，必須親自調查研究，看到齊軍「轍亂」、「旗靡」之後，掌握了敵人確實敗退的證據，方才下令追擊。魯國之所以致勝，可以說是善於掌握戰機。第二段文章只用四十四個字，幾個動作，幾句對話，就描述了曹劌指揮魯軍進攻、追擊、勝利的全部過程，同時為下文作了分析致勝原因的準備。

以上是第一、二兩段的主要內容，第三段則是第二段的補敘，從兩方面分析勝利的原因。正如《古文觀止》所說的那樣：曹劌「未戰考君德，方戰養士氣，既戰察敵情。步步精細，著著奇妙，此乃所謂遠謀也。」「遠謀」二字，正概括了曹劌指揮的高度藝術。

這一篇精短的記敘文，以記言為主。不僅內容豐富、主題深刻，而且在寫作方法上，也有值得借鑑之處。比如說，孔子作的《春秋》，在記敘這一歷史事件時，只用了「十年春，公敗齊師于長勺」一十個字，沒有情節補敘，也沒有人物描寫，只像一條新聞摘要，談不上文學價值。至於《國語》對這次戰爭的記述：

長勺之戰，曹劌問所以戰於莊公，公曰：「余不愛衣食於民，不愛牲玉于神。」對曰：「夫惠本而後民歸之志，民和而後神降之福。若布聽于民，而平均其政事，君子務治而小人務力。動不違時，財不過用，財用不匱，莫不能使共祀。是以用民無不聽，求福無不豐。今將惠以小賜，祀以獨恭；小賜不咸，獨恭不優。不咸，民不歸也；不優，神弗福也，將何以戰？夫民求不匱於財，而神求優裕於享者也，故不可以不本。」公曰：「余聽訟雖不能察，必以情斷之。」對曰：「是則可矣。知夫，苟中心圖民，雖智弗及，必將至焉。」

雖然敘述比《春秋》詳細一些，但仍然沒有故事情趣，沒有鮮明生動的人物形象，而《左傳》則不然。它不僅層次分明、結構嚴謹，而且情節曲折、形象鮮明，語言也簡潔有力。在描寫戰爭經過時，更可謂文筆細緻、刻劃入微。曹劌的兩個「未可」，兩個「可矣」，極盡畫龍點睛之妙。只說「未可」、「可矣」，而不說因由，既是符合緊張的戰爭氣氛，又展現了曹劌的胸有成竹、洞燭機先；留待結尾說明，更有引人入勝之致。「公將鼓之」，「公將馳之」，僅用了兩句八個字，就把魯莊公的魯莽無知表現出來，而「下視其轍，登軾而望之」，則使善於觀察、臨陣從容的曹劌，躍然紙上。因此，〈曹劌論戰〉這篇短文，不僅是具有深刻思想內容的歷史著作，而且也是具有高度藝術技巧的文學作品。

子魚論戰❶

左傳

楚人伐宋以救鄭。宋公❷將戰，大司馬固❸諫曰：「天之弃商❹久矣，君將興之，弗可赦也已。」弗聽。

冬十一月己巳朔❺，宋公及楚人戰於泓❻。宋人既成列❼，楚人未既濟❽。司馬曰：「彼眾我寡，及其未既濟也，請擊之。」公曰：「不可。」既濟而未成列，又以告。公曰：「未可。」既陳而後擊之❾。宋師敗績。公傷股，門官殲焉❿。

國人皆咎公⓫。公曰：「君子不重傷⓬，不禽二毛⓭。古之為軍也⓮，不以阻隘也⓯。寡人雖亡國之餘⓰，不鼓不成列⓱。」子魚⓲曰：「君未知戰。勍敵之人⓳，隘而不列，天贊我也⓴；阻而鼓之，不亦可乎？猶有懼焉。且今之勍者，皆吾敵也。雖及胡耇㉑，獲則取之，何有於二毛㉒？明恥、教戰㉓，求殺敵也。傷未及死，如何勿重？若愛重傷㉔，則如勿傷㉕；愛其二毛，則如服焉㉖。三軍以利用也㉗，金鼓以聲氣也㉘。利而用之，阻隘可也；聲盛致志，鼓儳可也㉙。」

【注釋】

❶ 本文節選自《左傳．僖公二十二年》（西元前六三八年）。標題是另加的。

❷ 宋公：宋襄公，名茲父。

❸ 大司馬固：大司馬是統領軍隊的最高級長官。固指公孫固。也有人說大司馬是指下文的子魚，固、諫連用是一再勸告的意思。

❹ 弃：棄。商：指宋國。宋為商的後裔。

❺ 魯僖公二十二年十一月己巳（初一）那一天。

❻ 泓：泓水，在今河南柘城縣西。

❼ 句謂已經排成戰鬥的行列，即擺好陣勢。

❽ 既：盡。濟：渡過。未既濟：還沒有全部渡過（泓水）。

❾ 陳：同「陣」，這裡作動詞用，即擺好陣勢。

❿ 股：大腿。門官：國君的親軍待衛。殲：消滅。

⓫ 國人：指當時居住國都的人，一般指自由民眾。咎：責備，歸罪。

⓬ 重：重複，再次。不重傷：不再殺傷已經受傷的敵人。

⓭ 禽：通「擒」。二毛：頭髮花白，指年老人。不禽二毛：不俘虜頭髮花白的老人。

⓮ 為軍：用兵之道。

⓯ 阻：逼迫。隘：狹隘之地。此句是說：不用迫敵於險地的手段取勝。

⓰ 寡人：國君自稱。亡國之餘：亡國者的後代。宋襄公是商朝的後裔，商亡於周，所以這樣說。

⓱ 鼓：鼓聲，進軍的信號。這裡作動詞用，有發動攻擊之意。句謂不進攻未排成陣勢的敵人。

⑱子魚：宋襄公同父異母兄，名目夷。曾做過司馬的官。

⑲勍：強而有力。勍敵：強敵。

⑳贊：助。

㉑雖：即使。及：到達。胡耇：高壽、年老的意思。

㉒何有於二毛：是說對於頭髮花白的敵人又有什麼可以憐惜的呢？

㉓明恥：使士兵懂得戰敗的恥辱。教戰：教導他們奮勇作戰。

㉔愛：憐惜。

㉕如：何如，不如。句謂就不如不要傷他。

㉖服：屈服。句謂那就不如投降敵人。

㉗三軍：春秋時，諸侯大國三軍，即上軍、中軍、下軍。這裡泛指軍隊。以：憑藉。用：施用，這裡指作戰。句謂軍隊是憑藉有利時機來作戰的。

㉘金鼓：古時作戰時，擊鼓進兵，鳴金退兵。金：金屬響器。聲氣：壯大聲勢，鼓舞士氣。

㉙致：引起。儳：不整齊，這裡指沒有擺好陣勢的敵軍。

【語譯】

楚人攻打宋國來救援鄭國。宋公準備作戰，大司馬固勸阻說：「上天丟棄我們已經很久了，您想復興它，這是違背上天而不能赦免的。」宋公不聽。

冬十一月初一日，宋公和楚人在泓水邊上作戰。宋軍已經排好陣勢，楚軍還沒有全部渡河。司馬說：「他們人多，我們人少，趁他們沒有全部渡過的時候，請君王下令攻擊他們。」

宋公說：「不行。」楚軍渡過以後，還沒有排開陣勢，司馬又（把剛才的意見）報告宋公。宋公說：「還不行。」等到楚軍排好了陣勢，然後才攻擊他們。宋軍被殺得大敗。宋公腿上受傷，門官都被殲滅了。

都城裡的人都歸咎於宋公。宋公說：「君子不再次傷害已經受傷的人，不擒捉頭髮花白的人。古代的作戰之道，不在險隘的地方阻擊敵人。寡人雖然是殷商亡國的後裔，絕對不擂鼓進攻沒有擺開陣勢的敵人。」子魚說：「國君不懂得作戰的道理。對抗強大的敵人，地形狹隘而沒有擺好陣勢，這是上天在幫助我們呀；攔截而擂鼓進攻他們，不也是可行的嗎？可是還有不能取勝的顧慮呢。況且現在的強大國家，都是我們的敵人。雖然是年紀很大的老頭子，俘虜了就抓回來，對於頭髮花白的老人，有什麼可憐惜的呢？我們要士兵了解戰敗的恥辱，教導他們奮力作戰，這是要求他們殺死敵人呀。敵人受了傷，還沒有死，為什麼不可以再傷害他一次呢？如果同情敵人已經受了傷而不再次傷害他，那麼不如一開始就不傷害他；如果同情他們頭髮已經花白，那麼不如乾脆向他們投降。三軍，要在有利的時機，才能用來作戰。鳴金擊鼓，是用聲音來引導鬥志。在有利的時機就使用它，在狹路截擊敵人是可以的；鼓聲大作，來鼓舞戰士的鬥志，進攻沒有擺開陣勢的敵人也是可以的。」

析論

魯僖公二十二年，也就是西元前六三八年，宋、楚兩國為了爭奪霸權，在泓水邊發生了戰爭。鄭國從齊桓公死後，就親近楚國，因此宋國出兵伐鄭，而楚國出兵伐宋，來援救鄭國，於是，就爆發了這次宋、楚之戰。

當時的形勢是楚強宋弱，從雙方軍力來看，宋國是很難取勝的。大司馬等人見到這一點，曾加勸阻，但宋襄公為了爭霸，決意要和楚軍背水一戰。但他不知把握軍機，臨陣時又不能接受別人的意見，以致錯過了幾次有利的時機，終於一敗塗地。事後國人都歸罪於他，他不但不認錯，反而堅持自己的做法，合乎古人為軍之道，為自己辯解，子魚一一予以駁斥。子魚以為宋襄公的「不重傷」、「不禽二毛」、「不以阻隘」、「不鼓不成列」，根本就是「未知戰」，就是不知古人用兵之道。

本文除了敘述宋襄公的迂腐和墨守陣法外，還著重記述子魚對戰爭的見解。這個歷史教訓，是值得我們重視的。

本文一開頭，就說明楚、宋發生戰爭的原因，並藉大司馬之口，說宋出兵是違背天意。

第二段寫戰爭的經過，敘事簡潔生動。寫大司馬對宋襄公的勸告，第一次說得很明白，第二次只用了「又以告」三個字，前詳後略，深得行文之妙。宋襄公先說「不可」，到楚國大軍已經完全渡過泓水，仍說「未可」，好像有什麼深算遠謀，能穩得勝利的樣子，然後只用「宋師敗績」四字，作者就寫出了宋襄公的胸無成竹和延誤軍機。下文寫被楚軍打得大敗，也不過用了「公傷股，門官殲焉」七個字。宋襄公自己受了重傷，左右護衛的人也都被殺死了，全軍慘敗的情狀，由此就可想而知。

第三段寫戰敗以後，宋襄公的自我辯解和子魚的駁難。宋襄公滿口仁義道德，一味辯解，人們不禁要問：既然如此，那你為什麼還要爭霸，還要打仗呢？雖然文中只是寫出了他的辯解之辭，但宋襄公的迂泥不通，已躍然紙上。子魚指責他「君未知戰」，真是一語中的。然後他針對宋襄公的話，逐句加以反駁，要言不煩，道理說得非常透闢，給讀者留下深刻的印象。

燭之武退秦師

左傳

（魯僖公三十年）九月甲午，晉侯、秦伯圍鄭❶，以其無禮於晉❷，且貳於楚❸也。晉軍函陵❹，秦軍氾南❺。

佚之狐言於鄭伯❻曰：「國危矣！若使燭之武見秦君，師必退❼。」公從之。辭曰：「臣之壯也，猶不如人；今老矣，無能為也已。」公曰：「吾不能早用子❽，今急而求子，是寡人之過也。然鄭亡，子亦有不利焉！」許之。

夜縋❾而出。見秦伯曰：「秦、晉圍鄭，鄭既知亡矣。若亡鄭而有益於君，敢以煩執事❿。越國以鄙遠⓫，君知其難也。焉用亡鄭以陪鄰⓬？鄰之厚，君之薄也。若舍鄭以為東道主⓭，行李⓮之往來，共其乏困⓯，君亦無所害。且君嘗為晉君賜矣⓰，許君焦、瑕⓱，朝濟而夕設版焉⓲，君之所知也。夫晉，何厭之有⓳？既東封⓴鄭，又欲肆其西封。若不闕秦㉑，將焉取之？闕秦以利晉，唯君圖之！」

秦伯說㉒，與鄭人盟。使杞子、逢孫、楊孫戍之㉓，乃還。

子犯㉔請擊之，公曰：「不可。微夫人之力不及此㉕。因人之力而敝之㉖，不仁；失其所與㉗，不知㉘；以亂易整㉙，不武。吾其㉚還也。」亦去之。

【注釋】

❶ 晉侯：晉國國君，即晉文公，因封爵為「侯」，故稱「晉侯」。秦伯：秦國國君，即秦穆公，因封爵為「伯」，故稱「秦伯」。

❷ 無禮於晉：指晉文公流亡在外時，路過鄭國，鄭國沒有接待他，事見《左傳．僖公二十三年》。

❸ 貳於楚：是說對晉有二心而親近楚國。

❹ 函陵：鄭地，在河南新鄭縣北。

❺ 氾南：鄭地，在河南中牟縣南。氾：水名。

❻ 佚之狐：鄭國大夫。鄭伯：鄭國國君，這裡指鄭文公。

❼ 燭：指燭城，在洧水旁。燭之武：鄭國大夫。武是燭城人，故以邑為氏。師：軍隊，此指秦軍。

❽ 子：您，先生。

❾ 縋：用繩繫著身子墜下去。

❿ 執事：管事的人，這裡指秦君。

⓫ 鄙遠：僻遠之地。

⓬ 陪鄰：增加鄰國的土地。鄰：指晉國。

⓭ 東道主：東邊旅途上的居停主人，因鄭在秦的東方，故云。後世引用，即以「東道主」為客稱主人

的成語。

⓮ 行李：行人之官，即出使外國的使節。後世引用，變更其義，指旅客所帶的隨身用品。

⓯ 共：同「供」。共其乏困：即供給他所缺乏的東西，包括飲食、住宿。

⓰ 嘗為晉君賜：即曾對晉君有恩。此指晉惠公夷吾而言。晉惠公是晉文公的兄弟，亦奔逃在外，晉獻公死後，晉國大亂，惠公賄賂秦穆公，許以割地，秦穆公因此用兵護送他回晉為君。

⓱ 焦、瑕：晉國的兩個城，都在黃河岸西。

⓲ 版：牆。設版：即築牆設防。

⓳ 何厭之有：哪裡有滿足的時候。

⓴ 封：開闢疆土。

㉑ 闕秦：削弱秦國。

㉒ 說：同「悅」。

㉓ 杞子、逢孫、楊孫：三人都是秦大夫。戍：防守。

㉔ 子犯：即狐偃，晉大夫，他是晉文公的舅父。

㉕ 微：非，不是。夫（音「扶」）人：那人，指秦穆公。晉文公在外流亡十九年，最後來到秦國，也是由秦穆公派兵護送他回國為君的，所以這裡說「微夫人之力不及此」。

㉖ 是指藉人家的力量得以復國，反而攻擊人家，使他受害。

㉗ 失其所與：喪失了與國。與國：同盟的國家。

㉘ 知：同「智」。

㉙ 亂：分裂。整：團結。

㉚ 其：「應該」的語氣。

【語譯】

晉文公、秦穆公合兵包圍了鄭國。因為從前鄭國在晉文公重耳流亡的時候，對他無禮，並且現在又歸附了楚國。晉軍駐紮在函陵，秦軍駐紮在氾南。

佚之狐向鄭文公提了意見說：「國家非常危急了！如果派燭之武去見秦君，他們的軍隊一定退走。」

鄭文公聽從了他的話。燭之武推辭道：「臣下在壯年的時候，還趕不上別人；如今老了，更加無能為力了。」鄭文公說：「我沒有能夠早日任用你，如今國家危急了才來求你，這是我的不好。然而鄭國若是滅亡了，對你也有不利吧！」燭之武答應了。

燭之武當夜用繩子從城上縋下去，見著秦穆公，說：「秦、晉兩國包圍了鄭國，鄭國已經知道要滅亡了。假若滅掉鄭國而對您有什麼好處的話，我怎麼敢來打擾您。越過別人的國土，來爭取一塊僻遠的屬地，您也知道是件不容易的事情。您哪裡用得著滅掉鄭國，來增加鄰國的領土呢？鄰國的加強，相應地就是您的削弱。假若放過鄭國，讓它作東方旅途上的主人，外交官員的往來，它便可以供應他們缺少的東西，這對於您來說，也沒有什麼害處。再說，您從前對於晉君是幫過忙的了，他曾答應送給您焦、瑕兩個地方，誰知道早晨剛剛渡過黃河，到晚上就築牆設防，不給您了，這是您所知道的。要說晉國這個國家，哪裡會有知足的時候？等到它已經向東佔領了鄭國，一定又要擴張它西邊的土地。那時候如果不是去打秦國的主意，還能從哪裡侵奪土地呢？削弱秦國，而使晉國得到好處，這種事只看您怎麼處理了！」

秦君聽了很高興，便同鄭國訂了和約，派杞子、逢孫、楊孫三人留在鄭國防守，就自己帶著軍隊回去了。

子犯請求截擊秦軍，晉文公道：「不行。要不是這個人的幫助，我到不了現在的這個地步。受過人家的幫助，反而回頭去破壞他，這是不仁；喪失了和自己聯盟的友邦，這是不智；用分裂來代替團結，這是不武。我們還是回去罷。」於是晉軍也退走了。

析論

這一篇是敘述秦、晉圍攻鄭國，鄭國大夫燭之武以利害說服秦君退兵，鄭國因而解圍的經過。在春秋時代，這一段史實，意義非常重大，因為它對秦晉爭霸的勝敗，起了決定性的作用。

故事的背景是這樣的：秦穆公因為國土偏處西陲，常想東進，染指中原，但東鄰晉國在獻公（文公之父）時代，曾吞滅虞、虢等國，國勢一度非常強盛。秦穆公既不能用武力與晉國爭衡，只好採用和平手段，與晉國聯姻結好，娶了晉獻公的女兒。等到晉獻公晚年因寵愛驪姬，殺了世子申生，其餘諸公子如夷吾（晉惠公）、重耳（晉文公）都被迫分別逃亡在外，晉國陷於混亂之時，秦穆公見有機可乘，便幫助晉惠公返晉為君，希望置之於自己的掌握之中，使晉國成為秦國的附庸。沒想到惠公卻不聽指揮，反與秦國為仇。惠公死後，傳給懷公（惠公之子），秦怕晉國坐大，成為後患，這時候正好重耳流亡到秦，因而又幫助重耳返晉，殺了懷公，即位為晉文公。誰知文公也是一個野心勃勃的人，他看晉國佔有地利，就藉著與秦聯盟的口號，常聯合秦兵去討伐中原地區的國家。就在這次與秦君合圍鄭國的前二年，曾於城濮一役大勝楚國，於是聲威大振。這次的合圍鄭國，主動的仍是晉文公，秦穆公只是陪從的地位。秦穆公本想以晉為橋樑，進而爭霸中原，結果卻是適得其反，自己出錢出兵，只是幫助了晉國擴張和壯大，秦國毫無所得。所以這次燭之武的說辭，能夠打入他的心坎，使其猛然醒悟，原因在此。經過這一次事件，鄭國賴以保全，秦晉的聯盟破裂了，從此秦晉互相猜忌，不久之後，就發生了歷史上有名的秦晉殽之戰。我們明白了這個背景，然後才能體會燭之武的說辭為什麼能夠成功，以及這一事件在歷史上的重要意義。

本文共分六段：第一段記敘秦晉圍攻鄭國的原因。第二段記敘佚之狐的推薦燭之武。第三段記敘燭之武與鄭文公的對話——從中看出燭之武懷才不遇，心中頗為積鬱，也相對地反映了鄭文公的昏憒而不能知人。

本文的重心全在第四段。燭之武的確是一位善於辭令的外交家。他首先拈出了一個「益」字，表面上完全是為秦國謀利，而實際上卻是為鄭國著想。秦穆公的所以東進、所以聯晉圍鄭，也全在一個「益」字。如果不為了有利於己，秦穆公豈肯親自帶兵隨人出征？燭之武接著用「越國以鄙遠」來提醒秦穆公，指出鄭亡對秦不但無「益」而且有害；恰恰相反，鄭國不亡卻是對秦不但無害而且有「益」。最後他舉出了一件「殷鑒不遠」而且秦穆公本身經驗的史實，來證明晉國的狡詐無信，從而指出晉國的野心。

第五、六兩段記敘秦穆公和晉文公的先後退兵。晉文公不愧是有雄才遠謀的一代霸王，非他臣下謀士所能及。如果當時即與秦國決裂，一來沒有必勝的把握，難以建立威信；二來時機尚未成熟，徒增後顧之憂，即使僥倖成功了，恐怕也是得不償失。因此他對臣下所講的話，讀者不必盡信。

鄭國當時情勢危急，已近滅亡，卻由於燭之武的一席話，而能化險為夷、轉危為安，這完全是憑著燭之武的才智，能夠了解敵情，利用敵方的矛盾，從而促成了敵方的分裂。可見在戰爭中，辯士（外交官）的重要，有時候並不亞於馳騁沙場的將士。

秦晉殽之戰

左傳

（僖公三十二年）❶冬，晉文公卒❷。庚辰❸，將殯於曲沃❹。出絳❺，柩有聲如牛❻。卜偃❼使大夫拜，曰：「君命大事：將有西師過軼我❽，擊之，必大捷焉。」

杞子❾自鄭使告於秦，曰：「鄭人使我掌其北門之管❿，若潛師⓫以來，國可得也。」穆公訪諸蹇叔⓬。蹇叔曰：「勞師以襲遠，非所聞也。師勞力竭，遠主備之，無乃不可乎！師之所為，鄭必知之。勤而無所⓭，必有悖心⓮，且行千里，其誰不知？」

公辭⓯焉。召孟明、西乞、白乙⓰，使出師於東門之外。蹇叔哭之，曰：「孟子⓱，吾見師之出而不見其入也！」公使謂之曰：「爾何知！中壽⓲，爾墓之木拱矣⓳。」

蹇叔之子與⓴師，哭而送之，曰：「晉人禦師必於殽㉑。殽有二陵焉：其南陵，夏后皋㉒之墓也；其北陵，文王之所辟風雨也㉓。必死是間㉔，余收爾骨焉。」秦師遂東。

【注釋】

❶ 魯僖公三十二年：即西元前六二八年。

❷《春秋》經文為「冬，十有二月，己卯，晉侯重耳卒。」晉文公：名重耳，春秋五霸之一。

❸ 庚辰：古以天干地支記日，此指十二月十日，是晉文公死（己卯）的第二天。

❹ 殯：已殮未葬，即停柩。曲沃：晉武公（文公之祖）的都城，今山西曲沃。那裡有舊時宮廟，所以死後往殯。

❺ 絳：晉都，今山西翼城縣東南。晉國始封時，原都於唐（今山西太原縣北），後來遷都於絳。這句話是說晉文公的靈柩出了絳都，移往曲沃祖廟。

❻ 柩：屍體在棺叫柩。有聲如牛：是說棺中發出了像牛叫的聲音。

❼ 卜偃：晉國掌卜的大夫，名偃。這種大夫，叫做「卜正」，在職官中地位極高。

❽ 西師：指秦國的軍隊，因為秦在晉的西方。軼：橫過。

❾ 杞子：秦大夫。魯僖公三十年九月，晉秦合師圍鄭，鄭派燭之武見秦君，秦與鄭盟而退兵，留大夫杞子、逢孫、楊孫等三人戍鄭。參閱〈燭之武退秦師〉。

❿ 管：鎖鑰。

⓫ 潛師：祕密行軍。

⓬ 蹇叔：秦國元老。

⓭ 勤而無所：勞苦而無所得。

⓮ 悖心：離心，怨懟。

⓯ 辭：謝絕，不聽。

⑯孟明：百里奚的兒子，名視。西乞：名術。白乙：名丙。三人都是秦國將帥。
⑰子：男子美稱。子，一作「兮」。孟子：指孟明。
⑱中壽：中等壽命，有的說是六十歲，也有說是七十、八十或一百的。
⑲拱：兩手合抱。一說，拱：作「共」，同。這兩句話，是咒蹇叔快死。
⑳與：參與。
㉑殽：同「崤」，山名，在今河南陝縣附近。
㉒夏：夏朝。后：君。皋：夏桀之祖父。
㉓文王：即周文王。辟：同「避」。
㉔是間：指南北二陵之間。

【語譯】

魯僖公三十二年的冬天，晉文公死了。在庚辰（十二月初十日）那一天，準備棺殮起來運到曲沃去停柩。抬出絳城的時候，棺材裡有聲音如同牛叫。卜偃就叫大夫們下拜，說：「這是君王宣布重要的軍事命令：不久將有西方國家的軍隊橫越過我們的國境，截擊他，一定大勝。」

杞子從鄭國派使者到秦國報告，說：「鄭國讓我掌管他們北門的防衛，如果祕密派軍隊過來，鄭國國都可以很容易佔領。」秦穆公訪問蹇叔商量這件事。蹇叔說：「勞動軍隊去偷襲遠方的國家，我還沒有聽過這樣的事呢。軍隊走得遠，疲憊不堪，力氣衰竭，遠方的國君又有了防備，恐怕是不行的吧！我們軍隊的所做所為，鄭國必定知道的。軍隊白白辛苦一趟，而沒有什麼結果，必定會有懊惱的情緒。何況遠行千里，還有誰不曉得？」

穆公沒有聽從蹇叔的話，叫了孟明、西乞、白乙三個人來，派他們從東門外領兵出發。蹇叔為此哭了，對孟明說：「孟先生啊！我現在看得見軍隊的出發，卻看不到他們回來了！」穆公叫人告訴蹇叔說：「你懂得什麼？你如果中壽而死，你墳墓上的樹已經粗得雙手能夠合抱了。」

蹇叔的兒子也在出發的隊伍裡，蹇叔哭著送他：「晉國人一定在殽這個地方抵禦的。殽這個地方有兩座山陵；它南邊那座山陵，是夏王皋的墳墓；它北邊那座山陵，是當年文王避風雨的地方。你一定會死在這兩座山陵的中間，我將來到那裡去收殮你的屍骨吧。」秦國的軍隊終於向東出發了。

三十三年春，秦師過周❶北門，左右免冑而下❷。超乘❸者三百乘。王孫滿❹尚幼，觀之，言於王❺曰：「秦師輕而無禮❻，必敗。輕則寡謀，無禮則脫❼。入險而脫，又不能謀，能無敗乎！」

及滑❽，鄭商人弦高將市於周❾，遇之，以乘韋先牛十二犒師❿，曰：「寡君聞吾子將步師出於敝邑，敢犒從者。不腆⓫敝邑，為從者之淹⓬，居則具一日之積⓭，行則備一夕之衛。」且使遽⓮告於鄭。

鄭穆公使視客館⓯，則束載厲兵秣馬矣⓰。使皇武子辭焉⓱，曰：「吾子淹久於敝邑，唯是脯資餼牽⓲竭矣。為吾子之將行也，鄭之有原圃，猶秦之有具囿也⓳，吾子取其麋鹿以閒敝邑⓴，若何？」杞子奔齊，逢孫、楊孫奔宋。孟明曰：「鄭有備矣，不可冀也。攻之不克，圍之不繼，吾其還也。」滅滑而還。……

【注釋】

❶周：時為東周，都城在今河南洛陽。

❷胄：頭盔。下：下車步行。脫帽下車，表示禮貌。古時兵車，每車三人，中為御者，左執弓矢，叫車左；右執戈矛，叫車右。如國君或大將親自指揮，則居中，左為御者。此處下車步行者，指左右二武士，御者仍駕車行。

❸超乘：跳躍登車。

❹王孫滿：周共王的玄孫。

❺王：周襄王，名姬鄭。

❻古禮，經過天子城門，應將鎧甲與兵器暫時卸除。今秦軍只免盔下車，又跳躍上車，故為無禮。

❼脫：隨便，疏略。
❽滑：姬姓國名，今河南偃師縣附近。
❾弦高：人名。市於周：到周地去做買賣。
❿乘：古代乘車駕四匹馬，因此以乘代「四」。韋：熟皮。乘韋：四張熟皮。犒師：慰勞軍隊。
⓫不腆：不豐厚。
⓬淹：留住。
⓭積：指對軍隊的供應，如馬草、糧食、薪柴、菜蔬等。
⓮遽：匆促。一說，傳送信件的驛使，相當於後世的郵遞。
⓯鄭穆公：鄭國國君，名蘭，當時即位不久。客館：款待外國使臣的地方，這裡指秦大夫杞子等所居館舍。
⓰束載：收拾好了行李。厲兵秣馬：磨好兵器，餵飽軍馬。
⓱皇武子：鄭國大夫。辭：辭別，說一番話請杞子等人回國。
⓲脯：乾肉。資：同「粢」，指糧食。餼：生肉。牽：指牛羊豕等牲口。
⓳原圃：鄭國打獵的地方，在河南中牟縣西北。具囿：秦國打獵的地方，在今陝西鳳翔。
⓴麋：小鹿。以閒敝邑：使敝邑得以喘息。

【語譯】

三十三年的春天，秦軍路過周朝都城的北門，兵車上左右的武士，都摘下頭盔，下車敬禮；隨即又跳上兵車的，一共有三百輛之多。那時王孫滿年紀還小，看見這種情形，就對周天子說：「秦軍輕率，沒有禮貌，必定被人打敗。因為輕率了就想不出好謀略，沒有禮貌就會粗心大意。深入險地卻粗心大意，又想不出好謀略，能夠不打敗仗嗎？」

秦軍到了滑國。鄭國商人弦高正要到周朝境內去做買賣，遇見了秦軍。他先拿出了四張熟牛皮，再加上十二頭牛，犒勞秦軍，說：「敝國國君聽說先生帶領軍隊經過我們國境，特來慰勞您的部下。敝國不富庶，不過為了您部下的停留，住下來呢，我們就給預備一天的東西；離開呢，我們就給預備一夜的警衛。」同時打發驛使飛報鄭國知道。

鄭穆公派人到秦大夫杞子等人住的客館裡去偵察，發現他們已經收拾好了行李，磨亮了兵器，餵飽了馬匹了。穆公便派皇武子去下逐客令，說：「您們在敝邑已經住了很久的時間，因此乾肉、糧食、生肉、牲口等物資也已經吃光了。現在為了您們就要走了，我們鄭國有個可以打獵的原圃，就如同秦國有個可以打獵的具囿，您們可以自己到那裡獵些麋鹿來吃，也好讓敝國喘一口氣，怎麼樣？」杞子知道事情不妙，便逃亡到齊國；逢孫、楊孫二人也逃亡到宋國。孟明說：「鄭國有了防備了，不能指望什麼了。攻是攻不下的，包圍又沒有後援，我們還是回去罷。」途中把滑國滅了，然後才回去。……

晉原軫❶曰：「秦違蹇叔，而以貪勤民，天奉❷我也。奉不可失，敵不可縱。縱敵患生，違天不祥。必伐秦師。」欒枝❸曰：「未報秦施❹，而伐其師，其為死君⑤乎？」先軫⑥曰：「秦不哀吾喪，而伐吾同姓⑦，秦則無禮，何施之為？吾聞之：一日縱敵，數世之患也。謀及子孫，可謂死君乎？」遂發命，遽興姜戎⑧。

子墨衰絰⑨，梁弘御戎⑩，萊駒為右⑪。夏四月辛巳，敗秦師於殽，獲百里孟明視、西乞術、白乙丙以歸。遂墨以葬文公。晉於是始墨⑫。

文嬴請三帥⑬，曰：「彼實構⑭吾二君，寡君若得而食之，不厭⑮。君何辱討焉？使歸就戮於秦，以逞寡君之志，若何？」公許之。

先軫朝，問秦囚。公曰：「夫人請之，吾舍之矣。」先軫怒，曰：「武夫力而拘諸原，婦人暫而免諸國⑯，墮軍實而長寇讎⑰，亡無日矣！」不顧而唾。

公使陽處父⑱追之，及諸河⑲，則在舟中矣，釋左驂⑳，以公命贈孟明㉑。孟明稽首曰：「君之惠，不以纍臣釁鼓㉒，使歸就戮于秦。寡君之以為戮，死且不朽。若從君惠而免之，三年將拜君賜㉓。」

秦伯㉔素服郊次，鄉㉕師而哭曰：「孤違蹇叔，以辱二三子，孤之罪也。」不替孟明㉖，曰：「孤之過也。大夫何罪？且吾不以一眚掩大德㉗。」

【注釋】

❶ 原軫：晉國大夫。晉文公時，曾於城濮之戰大敗楚師。
❷ 奉：賜與。
❸ 欒枝：晉國大夫。
❹ 秦施：秦國施及的恩惠。此指晉文公回國即位，是得到秦國的幫助。
❺ 死君：意即君死忘報，等於背棄死君。一說，以死視吾君。
❻ 先軫：即原軫。先軫封邑在原，所以又叫原軫。
❼ 同姓：指滑國，與晉同為姬姓國。
❽ 姜戎：西戎之一種，原居今敦煌一帶，為秦所逐，乃移晉國南邊。
❾ 子：指晉襄公。時文公未葬，故稱「子」。墨衰（音「催」）絰（音「跌」）：古代軍隊敗仗，則君王穿素服，時襄公居喪，因出師作戰，將喪服染黑。
❿ 梁弘：晉國大夫。御戎：駕兵車。
⓫ 萊駒：晉國大夫。為右：做車右。
⓬ 始墨：始改以黑服為喪服。
⓭ 文嬴：晉文公夫人，秦穆公之女，姓嬴，故稱文嬴。此時她以太后的地位，要求晉襄公。請：請求釋放的意思。三帥：指被俘秦將孟明等三人。
⓮ 構：挑撥，離間。
⓯ 不厭：不滿足。
⓰ 武夫：戰士。原：戰場。暫：倉卒間，短時間內。免：赦免。國：朝中。此二句是說：將士奮力在沙場上捉了他們，而文嬴卻在朝中輕易地釋放了他們。
⓱ 墮：同「隳」，毀。寇讎：敵人。

⑱ 陽處父：晉國的太傅。

⑲ 河：黃河。

⑳ 左驂：在左旁駕車的馬。

㉑ 以公命贈孟明：假託晉襄公的名義贈給孟明。意思是引誘他們回船靠岸受馬拜謝，從而捉住他。

㉒ 纍臣：囚繫之臣，罪臣。釁鼓：用血塗鼓，是古俗；這裡指處死。

㉓ 拜君賜：答謝你的恩惠，意指報仇。

㉔ 秦伯：即秦穆公。

㉕ 鄉：同「向」，面對的意思。

㉖ 不替孟明：沒有撤換孟明。

㉗ 眚（音「生」唸上聲）：過失。大德：指大功。

【語譯】

晉國原軫說：「秦國不聽蹇叔的話，卻為了滿足貪心，不惜勞師動眾，這是上天賜給我們的機會呀。賞賜不可放棄，敵人不可放走。如果放走了敵人，一定會發生後患；如果違背天命，也一定不吉利。我們必須去討伐秦軍。」欒枝道：「我們還沒有報答秦國施給我們的恩惠，反而去討伐它的軍隊，這不是國君一死，我們就馬上背棄了他嗎？」先軫說：「秦國並沒有對我們的國喪致哀，卻滅了和我們同姓的滑國，這是秦國自己不講禮貌，還談得上有什麼恩惠？我聽說，一旦放走了敵人，就會招致好幾輩子的後患。為了後世子孫打算，能說是國君一死就背棄了他嗎？」於是就下了命令，緊急徵召姜戎的軍隊參加作戰。

晉襄公把喪服染黑，親自出征，梁弘駕著兵車，萊駒在車右隨侍。夏天四月辛巳（十三日）這一天，在殽這個地方，打敗了秦軍，並俘虜了百里孟明視、西乞術、白乙丙三位秦將回來。於是就穿著黑色的喪服，舉行了晉文公的葬禮。晉國的喪服，從此以後改用黑色。

晉文公的夫人文嬴，請求釋放俘虜回來的三位秦將，說：「他們實在是挑撥兩國國君不和的人，我們秦國的國君，如果捉到他們，就是吃了他們的肉，也不能滿足的，何必勞動您親自來懲辦他們？讓他們回去秦國正法，也好叫秦國的國君出出氣，怎麼樣？」晉襄公聽了她的話，就把他們釋放了。

先軫朝見襄公，問起秦國的俘虜，襄公道：「母親請求釋放他們，我已經釋放他們了。」先軫一聽，非常冒火，就說：「戰士們費力氣在戰場上捉住他們，卻想不到女人幾句話，一下子就把他們在國都放走了，像這樣毀壞了自己的戰果，助長了敵人的志氣，國家的滅亡，不用多久了！」說著，也不回頭，就吐口水在地上。

襄公派陽處父去追趕那三個秦國的俘虜，追到黃河岸邊，他們已經上船了。陽處父解下車左旁的那匹驂馬，假借襄公的名義，要送給孟明。孟明在船上叩頭說：「多謝晉君的恩惠，不把我們這幾個俘虜的血用來塗鼓，讓我們回到秦國去受刑戮。敝國國君如果殺了我們，我們即使死了，也永遠不會忘記晉君的恩德。如果敝國國君接受了晉君的恩惠赦免了我們，那麼三年以後，再來拜謝晉君的恩賜。」

秦穆公穿著白色的衣裳，親自到了郊外，對著回來的軍隊哭道：「我個人沒有聽從蹇叔的話，因而害了你們，這是我個人的罪過呀。」沒有撤換孟明的職位，說：「也是我個人的過失。你們做大夫的有什麼罪？何況我也不會因為一件小過失，就掩蓋了其他的大功勞。」

析論

這篇文章選自《左傳》僖公三十二年、三十三年，寫秦、晉二國之間的一次戰爭。上篇〈燭之武退秦師〉已經交代了故事發生的背景，說魯僖公三十年，秦晉合攻鄭國時，因為被燭之武的一番說辭所動，秦穆公與鄭言和，只派杞子、逢孫、楊孫三人留守鄭國。晉軍也無功而退。事過兩年，晉文公死了，加上杞子派人送來情報，說此時出兵襲鄭，鄭國唾手可得。秦穆公利令智昏，以為宿願可以得償，不聽蹇叔的勸諫，出兵襲鄭，結果不但沒有滅掉鄭國，反而在殽山之間被晉國打敗了。這篇文章雖然是寫秦、晉之間的一次戰役，但戰爭本身的描寫，只在第三大段中間輕輕一筆帶過而已。它的寫作重心，是放在歷史事件的因果、過程上頭，刻劃出幾個有血有肉的人物形象，敘述生動，辭采可取，不愧是《左傳》的名篇之一。

全文可分為三大段。

第一大段從「冬，晉文公卒」到「秦師遂東」為止，寫秦國出師準備襲鄭的經過，以蹇叔哭師一事，來預見秦師的必敗。

在這一段文字中，總共寫了三件事情。一是晉文公死後，「柩有聲如牛」，晉國卜偃因此預測「將有西師過軼我」，擊之可獲大勝。這是從晉國的觀點來寫的。以下兩件事情，則全從秦國的觀點來寫。這兩件事情分別是：一、杞子送來情報，勸穆公潛師襲鄭；二、蹇叔勸阻穆公出兵，穆公不聽；蹇叔因此哭送秦師，預言秦兵必敗。

「柩有聲如牛」，使卜偃預測到「將有西師過軼我」，這和蹇叔哭送其子時，能預言秦兵必敗，「晉人禦師必於殽」，都同樣富有神怪色彩。歷來也有人賦予它們合理的解釋，例如晉朝杜預就把「柩有聲如牛」這件事，解釋為：「卜偃聞秦密謀，故因柩聲以正眾心」，事實是否如此，當然不得而知，但是蹇叔勸阻穆公用兵時所講的幾句話：「勞師以襲遠，非所聞也。師勞力竭，遠主備之，無乃不可乎！師之所為，鄭必知之，勤而無所，必有悖心。且行千里，其誰不知？」卻說得合情合理，可以說是全篇的題目中心。下面故事情節的發展，全是這幾句話的具體說明。蹇叔的表現，和主張潛師襲鄭的杞子以及利令智昏的秦穆公，正好形成強烈的對照。秦穆公對用兵之事，本就成竹在胸，請教蹇叔，不過是表示尊重國之大老的意見而已，所以不管蹇叔如何勸阻，他終究是非出兵不可。穆公之於蹇叔，由請教而不聽而斥罵，和蹇叔之於穆公，由言諫而哭孟明而哭送其子，作者是採用對照的方式來寫的，越寫國君的剛愎自用，也就越見老臣的公忠謀國。「秦師遂東」一語，是說秦國終於還是出兵了，寥寥四字，似乎寓有作者的褒貶，其中包含了對穆公的譴責和對蹇叔的同情。

第二大段從「三十三年春」到「滅滑而還」為止，寫秦軍襲鄭，徒勞往還的經過。應驗了第一大段中蹇叔所說的「勞師以襲遠，非所聞也」諸語。

「秦師過周北門」一段，是藉王孫滿一個小孩子的眼光，來說明秦國驕兵必敗的道理。蹇叔是老人，王孫滿是小孩，他們都可以明白看出秦軍的必敗，偏偏秦穆公和孟明等人看不出來，這豈不是用來側寫穆公的利令智昏？

秦軍途中遇見鄭國商人弦高一段文字，間接說明了「潛師」偷襲鄭國的不可能，同時也再一次證明了蹇叔的推論。弦高和皇武子說的話，都是軟中帶硬的外交辭令。弦高犒勞秦軍時，鄭國尚無準備，所以弦高之音，是似實而虛；皇武子去見杞子等人時，鄭國已有所備，所以皇武子之言，是實而若虛。他們的說辭都很婉轉，但每句話都說得恰到好處。鄭國比秦國勢力弱小得多，既不能示弱，又不能逞強；示弱則有如開門揖盜，逞強則無異自招後患，所以用婉言相諷，使杞子等人自動逃走，使孟明等人知難而退，可以說是最為明智之舉。

第三大段從「晉原軫曰」到「且吾不以一眚掩大德」為止，寫秦晉戰於殽，秦軍大敗，以至穆公自行引咎的經過。

這一大段寫秦晉殽之戰的戰爭場面，只用了「夏四月辛巳，敗秦師於殽，獲百里孟明視、西乞術、白乙丙以歸」幾句話，可以說著墨極少，然而，寫晉國戰前大臣的熱烈討論，新君的銜哀發命，充分說明了哀兵必勝的道理，可以說也為秦晉的勝負，早已預留後地。這種不寫而寫的技巧，是《左傳》在記敘戰爭時常用的方法。

殽之戰以後，作者分別記敘秦、晉二國的情形。晉襄公因為母后文嬴的請求，釋放了俘獲的秦國將領孟明等人；又因為大臣先軫的強烈抗議，派陽處父去追截，說明了襄公新立，左右為難的窘況。秦國將領孟明等人，不跟陽處父回去，願意「歸就戮于秦」，那也是一段軟中帶硬的外交辭令。「寡君之以為戮，死且不朽。若從君惠而免之，三年將拜君賜。」話是說得漂亮，事實上，是說三年之後，再來報仇。最後一小段寫秦穆公「素服郊次」，來親迎敗軍，表示過失全在自己，「大夫何罪」！他的「鄉師而哭」，他的自愧「孤違蹇叔，以辱二三子」，都和第一大段寫蹇叔的哭諫秦師，以及第三大段開頭原軫說的「秦違蹇叔，而以貪勤民」，遙相呼應，使蹇叔成為貫穿全文的一個靈魂人物。同時，作者最後寫秦穆公的勇於悔過，不遷怒於人，也使一時糊塗的英明霸主秦穆公，形象非常顯明突出地呈現在讀者的心目中，足供後人引為鑑戒。

子產論政

左傳

一、子產不毀鄉校

鄭人游于鄉校❶以論執政。

然明❷謂子產曰：「毀鄉校何如？」

子產曰：「何為？夫人朝夕退而游焉，以議執政之善否。其所善者吾則行之，其所惡者吾則改之，是吾師也，若之何毀之？我聞忠善以損怨，不聞作威以防怨，豈不遽止❸？然猶防川，大決所犯，傷人必多，吾不克救也。不如小決使道❹——不如吾聞而藥之❺也。」然明曰：「蔑也今而後知吾子之信可事也。小人實不才，若果行此，其鄭國實賴之，豈唯二三臣？」

仲尼❻聞是語也，曰：「以是觀之，人謂子產不仁，吾不信也。」

【注釋】

❶ 鄉校：鄉黨的學校。古代諸侯所設立的學校。

❷ 然明：名蔑，鄭國大夫。

❸ 豈不遽止：難道不能很快就制止嗎？是說作威防怨，怨言可以很快制止。

❹ 道：同「導」，開導，通暢。

❺ 藥：作動詞用，治療。藥之：這裡是以之為藥石的意思。

❻ 仲尼：即孔子。孔子當時年僅十一歲。因此這應該是後來追敘時引用的話。

【語譯】

鄭國人民在鄉黨學校裡閑蕩聚會，藉以議論執政者的得失。

然明對子產說：「停辦學校，怎麼樣？」

子產說：「為什麼？這些人早晚事情做完了，到那裡閑蕩聚會，藉以議論執政者的得失。他們所稱讚的，我們就推行它；他們所厭惡的，我們就改掉它，這是我們的良師呀，為什麼要廢止它呢？我只聽說要盡心為善來減少怨恨，沒有聽說要應用威權來防止怨恨。難道威權不能很快制止議論嗎？但是這就像防止河川一樣，大的堤防崩潰了，傷人一定很多，我們不能挽救呀。不如留個小小的決口，使河川通暢——不如我們聽聽他們的議論，而把它當作藥石吧。」然明說：「蔑呀從今以後知道您是確實值得服侍的了。我是平凡的人，實在沒有才幹。如果您真是這樣做下去，那麼整個鄭國真的要依賴您了，何只是三幾個臣子而已？」

（後來）孔子聽到了這些話，說：「從這點看來，有人說子產不夠仁厚，我是不相信的。」

二、子產論尹何為邑

子皮欲使尹何為邑。子產曰：「少❶，未知可否。」

子皮曰：「愿❷，吾愛之，不吾叛也，使夫❸往而學焉，夫亦愈知治矣。」

子產曰：「不可，人之愛人，求利之也。今吾子愛人則以政❹，猶未能操刀而使割也。其傷實多。子之愛人，傷之而已。其誰敢求愛於子？子於鄭國，棟也。棟折榱崩❺，僑將厭焉❻。敢不盡言？子有美錦，不使人學製❼焉。大官大邑，身之所庇也，而使學者製焉。其為美錦不亦多乎？僑聞學而後入政❽，未聞以政學者也。若果行此，必有所害。譬如田獵❾，射御貫則能獲禽❿。若未嘗登車射御，則敗績厭覆是懼⓫，何暇思獲？」

子皮曰：「善哉！虎⓬不敏。吾聞君子務知大者遠者，小人務知小者近者。我，小人也。衣服附在吾身，我知而慎之；大官大邑，所以庇身也，我遠而慢⓭之。微⓮子之言，吾不知也。他日⓯我曰：子為鄭國，我為吾家，以庇焉，其可也。今而後知不足。自今請，雖吾家，聽子而行。」子產曰：「人心之不同，如其面焉。吾豈敢謂子面如吾面乎？抑⓰心所謂危，亦以告也。」

子皮以為忠，故委政⓱焉。子產是以能為鄭國⓲。

【注釋】

❶少：年輕。指尹何年紀太輕。

❷愿（音「院」）：忠厚老實。

❸夫：男子的通稱。這裡指尹何。一說，語助詞。

❹吾子：我的您，含有親密的意味。以政：給他管理地方的職位。

❺榱（音「催」）：屋椽。屋椽是由棟（屋樑）托住的，屋樑折斷，屋椽就會塌下來。

❻僑：子產姓公孫，名僑，子產是他的字。厭：通「壓」。

❼製：裁剪縫製。

❽入政：從政。

❾田獵：打獵。田：本作「畋」。

❿射：射箭。御：趕車。貫：古「慣」字作「貫」。射御貫：是說射御有了經驗，習慣了而不生疏的意

思。

⓫ 敗績：軍隊作戰大敗，叫「敗績」。這裡是借用來指射御失敗。厭覆：翻車被壓。厭，同「壓」。

⓬ 虎：子皮名叫罕虎。

⓭ 慢：疏忽，輕易。

⓮ 微：沒有，不是。

⓯ 他日：前些日子。

⓰ 抑：轉折詞。這裡作「不過」、「但是」解。

⓱ 委政：把政權委託給他。

⓲ 能為鄭國：即能在鄭國當政。

【語譯】

子皮打算叫尹何做地方官。子產說：「年紀輕，不知行不行。」子皮說：「人忠厚老實，我很喜歡他，他不會背叛我的。叫他到那裡去學習學習，他也就漸漸知道管理地方的方法了。」子產說：「不可以的。大凡人愛一個人的目的，是想對他好。現在您愛一個人，卻叫他去從事政治，這就好比不會用刀就叫他去割肉一樣，他一定要受很多傷的。您這種愛人法，不過是叫他受傷罷了。這樣，誰還敢希望得到您的愛呢？您在鄭國，是國家的棟樑。樑木如果折斷，椽木塌下來，我就會壓在底下的。因此，我怎敢不盡量直言？您若有漂亮的絲緞，一定不會叫人拿它去學習裁製衣裳的。現在這種重要的職務、重要的地方，是我們生命所托庇的，卻叫人學習去裁製。這比漂亮的絲緞，不是更重要得多嗎？我聽說只有學習好了的人，然後才能叫他去從事政治，沒有聽說拿著政治叫他來學習的。如果一定這樣辦，必定要吃虧的。好比狩獵吧，必須把射箭、趕車這些技術熟練了，才能打得到禽獸。假使從來沒有登車射御的經驗，那就擔心失敗，害怕翻車壓死，都擔心不完，哪裡還有工夫想打到禽獸呢？」

子皮說：「好呀！我實在不聰明。我聽說君子專求知道大的、遠的，小人專求知道小的、近的。我是小人哪。衣裳緊貼在我的身上，我知道要對它慎重愛惜，但是重要的職務、重要的地方，是賴以托庇生命的，我卻反而疏遠、忽略了。不是您這麼說，我還不知道呢。前些日子我對您講過：您管鄭國的政治，我管我的家務，這樣托庇我們的生命，總可以的。現在我才知道，我連管家都不行。從今天起，我再請求您，就是我的家務，也聽您的吩咐辦。」子產說：「人心不相同，正如人的面貌不相同一般。我哪裡敢說您的面貌跟我的面貌一樣呢？不過我的心裡覺著危險的，把它告訴您就是了。」

子皮認為子產很忠心，因此就把政權完全託付給他。子產也因此能夠肩負起鄭國行政的責任。

三、子產論執政寬嚴

鄭子產有疾，謂子大叔❶曰：「我死，子必為政。唯有德者能以寬服民，其次莫如猛。夫火烈，民望而畏之，故鮮死焉；水懦弱，民狎而翫之，則多死焉，故寬難。」疾數月而卒。

大叔為政，不忍猛而寬。鄭國多盜，取人於萑苻之澤❷。大叔悔之，曰：「吾早從夫子，不及此。」興徒兵以攻萑苻之盜，盡殺之，盜少止。

仲尼曰：「善哉！政寬則民慢，慢則糾之以猛；猛則民殘，殘則施之以寬。寬以濟猛，猛以濟寬，政是以和。」

詩曰：「民亦勞止，汔可小康；惠此中國，以綏四方。」❸施之以寬也。「毋從詭隨，以謹無良，式遏寇虐，慘不畏明。」❹糾之以猛也。「柔遠能邇，以定我王。」❺平之以和也。又曰：「不競不絿，不剛不柔，布政優優，百祿是遒。」❻和之至也。

及子產卒，仲尼聞之，出涕曰：「古之遺愛也❼。」

【注釋】

❶子大（音「太」）叔：名游吉，鄭國大夫。

❷取：劫奪，一說，取：聚。萑苻之澤：蘆葦叢生的水澤。一說，指原圃，恐非是。

❸詩：先秦所謂詩，蓋指《詩經》而言。止：語尾助詞。汔：乞，庶幾，表示希望的語氣。中國：這裡是國中的意思。綏：安定。四方：指各地諸侯。句出《詩經．大雅．民勞》。

❹從：一作「縱」，聽從。詭隨：曲意逢迎，不講是非。謹：飭，約束。式：助動詞，有應該的口氣。遏：制止。慘：一作「憯」，曾、乃的意思。明：法令。句出〈大雅．民勞篇〉。

❺柔：懷柔，安撫。能：親善。句出〈大雅．民勞篇〉。

❻絿：急躁。一說，絿：緩的意思。與上文「競」相反成義。布：一作「敷」，頒行。優優：從容不迫的樣子。遒：聚集。句出《詩經．商頌．長發》。

❼古之遺愛：是說子產的仁愛，有古人的遺風。

【語譯】

鄭國子產有病，對大夫游吉說：「我死了以後，太叔您一定掌管政事。只有有仁德的人能用寬容來使人民服從，其次的辦法就莫如嚴厲了。火猛烈，人民看到了就怕它，所以很少死於火中；水柔弱，人民易於接近而玩弄它，那麼就有很多人死在水中了，因此寬容反而難辦。」一病了幾個月就死去了。

太叔掌管政權以後，不忍心嚴厲，反而寬容。鄭國很多強盜，聚集在長蘆葦的水澤中劫殺百姓。太叔為這件事後悔，說：「我假如早點聽從那老先生的話，就不會到了這種地步。」

於是發動步兵軍隊去攻打蘆葦水澤中的強盜，全部殺了他們，盜風才稍微戢止。

孔子說：「好啊！政治寬容的話，那麼人民就怠慢了，怠慢了就要用嚴厲的辦法來糾正他們；嚴厲的話，那麼人民就受害了，受害了就要用寬容的辦法來安置他們。用寬容來調劑嚴厲，用嚴厲來調劑寬容，政治因此才能和諧。」

《詩經》上說：「人民也太過勞苦了，希望可以稍微安樂；嘉惠這些中原地區，藉以安定四方諸侯。」這是用寬容的辦法來安置他們。「不要聽從狡猾的話，藉以約束不好的人。應當制止劫奪殘暴，他們從來不怕法令。」這是用嚴厲的辦法來糾正他們。「懷柔遠方，親善近鄰，藉以安定我的國君。」這是用和諧的方法來團結他們。《詩經》上又說：「不競爭也不躁進，不剛強也不柔弱，頒行政令多從容，百樣福祿盡集中。」這是和諧的極致啊。

等到子產死了，孔子聽到這個消息，流下眼淚說：「這是古人遺留下來的仁道啊！」

析論

子產是春秋時代鄭國的大臣，執政二十年，不但能夠平息鄭國的內亂，而且使鄭國在當時的兩大強國晉、楚之間，能夠保持自己的地位，實在是一位傑出的政治家。

春秋中期，楚、晉是南北對立的兩大強國。晉國在今山西南部，楚國在今河南南部和湖北北部。楚國野心勃勃，力圖北侵，自然對鄰近國家構成威脅；晉國為了防止楚國北犯，也不能不爭取鄭國的歸附。城濮之戰、邲之戰、鄢陵之戰等等晉、楚之間的戰爭，可以說無不以鄭國為爭執的焦點。鄭國位在今河南中部、黃河以南的地方，介在這南北二強之間，處境實在非常困難。然而，子產執政以後，憑靠他豐富的學識、堅定的毅力，越在艱難的環境中，越能表現出他過人的政治才能。尤其是他在執行政策的時候，能夠堅定信念，不為浮言所惑，對於群眾的議論，卻反而能虛心接受，這是他最值得後人稱道的地方。

這裡選錄的三篇文字，可以看出子產對政治的一些理念。就是從今日的觀點來看，這些理念也還有參考的價值。

在第一篇〈子產不毀鄉校〉裡，作者藉子產和然明的對話，來說明防民之口甚於防川的道理。「大決所犯，傷人必多」，所以，對於人民的議論政事，子產主張「其所善者吾則行之，其所惡者吾則改之」，也因此子產不同意然明關閉學校的建議。這種主張，在今天看來，還是進步的。

在第二篇〈子產論尹何為邑〉裡，子產認為從事政治應該慎重，不可徇私情而壞朝政，因此，他反對子皮起用尹何的想法。尹何年紀太輕，沒有行政經驗，馬上派他去擔任地方官，無異是「猶未能操刀而使割也」，結果一定是愛之適足以害之。子產說他聽到的道理是「學而後入政，未聞以政學者也」，我們覺得這是千古不易的金石良言。子產能據實直言，他的道德勇氣，實在令人感佩。

在第三篇〈子產論執政寬嚴〉裡，子產又善用比喻，以水火比喻執政的寬嚴，而且認為執政嚴厲，人民望而卻步，有所戒懼，傷人反而較少。這種說法，看似牽強，仔細想想，卻有它的道理。萑苻之盜的故事，就是一個現成的例子。

不過，我們應該注意到：子產並不是一味主張嚴厲的人。他說：「唯有德者能以寬服民」，其次才是「莫如猛」。意思也就是說，能以寬服民，以仁德感化百姓，那是最好的了；但是，萬一仁德不足以感化百姓，社會沒有秩序，行為沒有準繩，最後還是人民吃了虧。所以，子產才說以寬服民，對執政者來說，反而不容易。或許因為這樣，才會有人誤解子產「不仁」。〈子產不毀鄉校〉一篇，結語引用孔子的話說：「以是觀之，人謂子產不仁，吾不信也。」孔子所以要為子產辯護，道理恐怕就在於此。而本篇記敘太叔執政先寬後猛之後，所以要引用孔子和《詩經》寬猛相濟的話，道理恐怕也一樣在於此。

《韓非子．內儲說上》有一則故事，和本篇所記大同小異。試引錄於下，以供對照：

子產相鄭，病將死，謂游吉曰：「我死後，子必用鄭，必以嚴莅人。夫火形嚴，故人鮮灼；水形懦，故人多溺。子必嚴子之形，無令溺子之懦。」子產死，游吉不肯嚴形。鄭少年相率為盜，處於雚澤，將遂以為亂。游吉率車騎與戰，一日一夜，僅能尅之。游吉喟然嘆曰：「吾蚤行夫子之教，必不悔至於此矣。」

故事雖然差不多，但是《韓非子》所記敘的，是子產正面告訴游吉（太叔）：「必以嚴莅人」，這和《左傳》所記「唯有德者能以寬服民，其次莫如猛」的話，事實上頗有出入。而且，《韓非子》書中沒有「仲尼曰」以下的文字，更容易使人對子產的為人產生誤解。這是我們要特別提出來的。

另外，「詩曰」以下一段文字，有人把它繫於孔子所說的話中，也可備一說。

這裡所選三篇有關子產的文章，第一篇和第二篇，選自《左傳·襄公三十一年》（西元前五四二年），第三篇選自《左傳·昭公二十年》（西元前五二二年）。

【參】

公羊傳和穀梁傳

《公羊傳》和《穀梁傳》解題

《公羊傳》、《穀梁傳》都是解釋《春秋》之書，後世把它們和《左傳》合稱為「春秋三傳」。根據歷史的記載，孔子周遊列國之後，回到魯國，慨歎自己的政治理想不能實現，因此以魯國史料為本位，臚陳當時列國大事，編成一部編年史，這就是《春秋》一書。他把政治見解寄寓其中，一字一句之間，往往寓有褒貶；此即後世所謂「春秋筆法」。不過，《春秋》經文，過於簡略，一句一事，又不相屬，所以讀者無法了解史實詳情，也無從領會微言奧義。因此，有待講解傳授。年代一久，輾轉相傳，彼此就有了出入。春秋三傳，就是這樣產生的。

大致說來，《左傳》以記敘史實為主，而《公羊傳》、《穀梁傳》則以解釋經義為主。三傳作者，《左傳》舊題左丘明，《公羊傳》舊題公羊高，《穀梁傳》舊題穀梁赤，但都有爭議。晚近有人以為「公」「穀」二字雙聲，「羊」「梁」二字疊韻，二傳又同出子夏，因疑二者同源。不過後來《公羊》傳於齊，《穀梁》傳於魯，時經幾代，加上方言不同，因此傳者姓名和經義解釋，遂有分歧。這種看法，也可備一說。

關於《公羊傳》和《穀梁傳》的參考書，除了通行本《十三經注疏》本外，前者可參閱清朝孔廣森《公羊通義》、陳立《公羊義疏》，以及李宗侗《公羊傳今註今譯》等；後者可參閱清朝鍾文蒸《穀梁傳補注》、李宗侗《穀梁傳今註今譯》等書。

【公羊傳和穀梁傳選】

趙盾弒君

公羊傳

（宣公）六年春，晉趙盾、衛孫免，侵陳❶。

趙盾弒君，此其復見何❷？親弒君者，趙穿❸也。親弒君者趙穿，則曷為加之趙盾？不討賊❹也。何以謂之不討賊？晉史❺書賊曰：「晉趙盾弒其君夷獆。」趙盾曰：「天乎！無辜，吾不弒君，誰謂吾弒君者乎？」史曰：「爾為仁為義，人弒爾君，而復國不討賊，此非弒君而何？」趙盾之復國奈何？

【注釋】

❶ 以上是《春秋》經文。衛、陳：國名。孫免：人名。當時晉、楚兩國爭霸，楚伐鄭，陳懼而附楚，晉國因此聯合衛國侵陳以救鄭。

❷ 復見：是說趙盾弒君之事，魯宣公二年已有記載，此處又記趙盾，故曰「復見」，即指復見趙盾之名。據何休《公羊傳解詁》，《春秋》所記弒君之臣，在桓公二年有「宋督弒其君與夷」；在宣公四年有「鄭公子歸生弒其君夷」；在襄公二十五年有「齊崔杼弒其君光」，這三人的名字以後都不再見。這裡是說，照《春秋》的筆法，凡是弒君之臣，以後就不再記載他的姓名了，為何獨晉趙盾又復見於此呢？

❸趙穿：晉國大夫，趙盾的族人。
❹賊：弒君。
❺晉史：晉國的史官。

【語譯】

魯宣公六年春，晉國的趙盾、衛國的孫免攻打陳國。

趙盾弒了國君，這裡為什麼又再見到他的名字呢？原來那個真正弒君的，是趙盾的族人趙穿呀。既然真正弒君的人是趙穿，那麼為什麼《春秋》卻把這罪名加在趙盾身上呢？這是趙盾不討賊的緣故。怎麼說他是不討賊呢？當時晉國的史官這樣記載這件弒君的事情：「晉國的趙盾弒了他的國君夷獆。」趙盾說：「天啊！我沒罪，我沒有弒君。誰說我是弒君的人呢？」史官說：「你行仁仗義，有人弒了你的國君，你回國以後卻不討賊，這不是弒君是什麼？」趙盾既然回了國，又怎麼能推卸他的責任呢？

靈公為無道，使諸大夫皆內朝❶，然後處乎臺上，引彈而彈之，已趨而辟丸❷，是樂而已矣。趙盾已朝而出，與諸大夫立於朝，有人荷畚自閨而出者❸，趙盾曰：「彼何也？夫畚曷為出乎閨？」呼之，不至；曰：「子大夫也，欲視之，則就而視之。」趙盾就而視之，則赫然❹死人也。趙盾曰：「是何也？」曰：「膳宰❺也。熊蹯不孰❻，公怒，以斗擎❼而殺之；支解，將使我棄之。」趙盾曰：「嘻！」趨而入。靈公望見趙盾，愬❽而再拜。趙盾逡巡❾，北面再拜稽首，趨而出。靈公心怍❿焉，欲殺之。

【注釋】

❶內朝：內廷；諸侯在路寢門（宮內最後一層門）內朝見群臣。
❷辟：同「避」。此句是說：大夫已經進來，見彈而走避。
❸畚（音「本」）：用草或竹木製成的盛土器具。閨：宮中小門。
❹赫然：使人驚心怵目的樣子。
❺膳宰：官名，掌管宮中烹飪進奉之事。即廚師。
❻蹯（音「凡」）：獸足。熊蹯，即熊掌。孰：同「熟」。
❼斗：有柄的酒器。擎（音「敖」）：旁擊。
❽愬：吃驚。
❾逡巡：退卻。一種表示恭順的動作。
❿怍（音「做」）：慚愧。

【語譯】

晉靈公是個昏君，做暴虐無道的事情。他叫諸位大夫都到路寢門內來朝見他，然後他卻在高臺之上，拉長彈弓來向下打人。那些大夫走進來了以後，都連忙小跑，逃避打下來的彈丸。靈公看著高興，就拿這個來取樂呢。有一次趙盾已經上了朝出來，和諸位大夫還一起站在殿上，看到有人背著一個畚箕從宮內小門走出來，趙盾就說：「那是什麼？畚箕怎麼會從宮內小門裡出來呢？」招呼那人，那人不過來，卻說：「您是大夫，想要看看它，就請靠過來看看它吧。」趙盾走近，看了看那東西，原來那畚箕裡赫然盛個死人哩！趙盾說：「這是怎麼回事呢？」那人答道：「這是廚師呵。因為他烹煮熊掌沒熟，靈公一怒，就用酒斗把他打死了，然後把他肢解，正叫我扔掉他。」趙盾驚道：「嘿！」於是快步進入內宮。靈公看見了趙盾進來，有點驚慌，先向趙盾拜了又拜，趙盾只得退後，朝北拜了兩拜，叩了頭，就趕快跑出來了。靈公心裡覺得慚愧，想殺趙盾。

於是使勇士某者往殺之。勇士入其大門，則無人門❶焉者；入其閨，則無人閨焉者；上其堂，則無人焉；俯而闚❷其戶，方食魚飧❸。勇士曰：「嘻！子誠仁人也。吾入子之大門，則無人焉；入子之閨，則無人焉；上子之堂，則無人焉；是子之易❹也。子為晉國重卿，而食魚飧：是子之儉也。君將使我殺子，吾不忍殺子也。雖然，吾亦不可復見吾君矣。」遂刎頸而死。

【注釋】

❶ 門：作動詞用，即守門。
❷ 闚：同「窺」。
❸ 魚飧：魚餐，魚湯泡飯。
❹ 易：簡略，這裡含有不設防備的意思。

【語譯】

於是靈公便派了一個勇士某某人去殺趙盾。勇士進了趙盾的大門，就發現沒有守衛大門的人；進到內門，就發現沒有守衛內門的人；進了廳堂，就發現沒有守衛的人；俯下身從廳堂門裡偷看，才看到趙盾正在吃簡單的魚湯泡飯。勇士嘆道：「咳！您真是有仁德的人呵！我進了您的大門，沒有人守衛；進了您的內門，沒有人守衛；上了您的廳堂，也沒有人守衛。這是您坦然的表現呀。您是晉國的大臣，卻只吃簡單的魚湯泡飯。這是儉樸的表現呀。國君想叫我來殺您，我實在不忍心殺您。不過，我也不能再回去見國君了。」於是就仰頭刎頸自殺了。

靈公聞之，怒滋❶欲殺之甚。眾莫可使往者。於是伏甲於宮中，召趙盾而食❷之。趙盾之車右祁彌明❸者，國之力士也，仡然❹從乎趙盾而入，放乎堂下而立。趙盾已食，靈公謂盾曰：「吾聞子之劍，蓋利劍也，子以示我，吾將觀焉。」趙盾起，將進劍，祁彌明自下呼之，曰：「盾！食飽則出，何故拔劍於君所？」趙盾知之，躇階❺而走。靈公有周狗❻，謂之獒❼，呼獒而屬❽之，獒亦躇階而從之。祁彌明逆而踆❾之，絕其頷❿。趙盾顧曰：「君之獒，不若臣之獒也！」然而宮中甲鼓⓫而起。有起於甲中者，抱趙盾而乘⓬之。趙盾顧曰：「吾何以得此於子？」曰：「子某時所食，活我於暴桑⓭下者也。」趙盾曰：「子名為誰？」曰：「吾君孰為介⓮？子之乘矣，何問吾名？」趙盾驅而出，眾無留⓯之者。

【注釋】

❶ 滋：甚。
❷ 食：這裡作動詞用。食之：請他吃飯，給他東西吃。
❸ 車右：坐在車子右邊的隨侍甲士。祁彌明：人名，趙盾的車右。
❹ 仡（音「意」）然：勇壯的樣子。
❺ 躇階：越階，不一級一級地下臺階，而是超越數級而下。
❻ 周狗：周地所產、訓練有素的狗。周，一作「害」。
❼ 獒：一種猛犬，黃褐色，能勇鬪或助獵。
❽ 屬：跟踪。一說，通「囑」，指令。
❾ 踆：用足踢。
❿ 頷：下巴，頦下頸上的部分。
⓫ 甲：指武士。鼓：鼓聲。
⓬ 乘：登車。
⓭ 暴桑：枝葉繁茂的桑樹。據《左傳》宣公二年所記，這個救趙盾的武士，名叫靈輒。從前趙盾在首山上打獵，歇息在桑樹林中，見一個人躺在地上不能起來，趙盾問了他的名字，又問他害什麼病，那人說已餓了三天，趙盾讓他吃飽，又給他一籃飯肉，叫他帶回家去。那人後來做了靈公的武士。這次見趙盾有難，因此挺身而出，以報舊恩。
⓮ 介：甲。吾君孰為介：我們國君為了誰派這些武士出來？
⓯ 留：阻止。

【語譯】

靈公聽到了這件事，又更加想要殺死趙盾。可是眾武士中，找不到可以派去做刺客的人。於是預先埋伏了武裝衛士在宮裡，召趙盾到宮裡來吃飯。趙盾的車右，名叫祁彌明的那個人，是晉國的大力士，他勇敢地跟著趙盾一起進宮，一直來到廳堂階下才站住。趙盾已經吃完了飯，靈公對趙盾說：「我聽說你的劍，實在是一把銳利的寶劍，你拿給我看，我要觀賞觀賞。」趙盾起身，準備呈上寶劍，祁彌明從堂階下呼叫他，喊道：「趙盾！吃飽了就可以出來了，為什麼在國君面前拔劍呢？」趙盾知道他的意思了，便從台階上越級而下，連忙逃走了。靈公有一隻訓練有素的狗，牠叫做獒，這時靈公就喚獒出來追趕趙盾。獒也從台階上越級而下，緊追趙盾。祁彌明衝著牠猛踢一腳，竟踢斷了牠的下巴。趙盾回過頭來對靈公說：「國君您的獒，不如我這臣子的獒呢！」但是這時宮裡埋伏的武裝衛士，聽到鼓聲都出來圍攻趙盾。有人從武裝衛士中突然衝上前，抱起趙盾，把他放到車上。趙盾回頭問他：「我怎麼能得到你這樣的救助呢？」武士說：「我是您某某時候賞給飯吃，在桑樹下救活了的那個人呵。」趙盾說：「你的名字叫什麼？」答道：「我們國君為了殺誰，才派這些武士來？您已經乘上了車，何必問我的姓名？」趙盾趕快駕著車向外衝，那些武士也沒有人阻擋他。

趙穿緣民眾不說❶，起弒靈公，然後迎趙盾而入，與之立於朝，而立成公黑臀❷。

【注釋】

❶ 說：同「悅」。

❷ 成公：名黑臀，晉文公之子、晉襄公之弟、晉靈公之叔。

【語譯】

趙穿因為民眾都不喜歡國君，於是就起來弒了靈公，然後迎接趙盾回國，和他一同在朝廷上做官，立了晉成公黑臀繼位為君。

析論

這一篇文章選自《公羊傳．宣公六年》，是解釋《春秋》經文「晉趙盾衛孫免侵陳」而追述晉靈公殺趙盾未成、反而被趙穿所弒的史實，用來說明史書上為什麼把弒君的責任加在趙盾身上的原因。

趙盾弒君，事情發生在魯宣公二年（西元前六〇七年），《春秋》及《左傳》即繫於「宣公二年」之下。趙盾是晉國的元老重臣，即趙宣子。君指夷獋，即晉靈公，他是晉襄公之子，為趙盾所立。此事《左傳》也有詳盡的敘述，惟與本文稍有出入。讀者可以自己參閱。

在古代封建制度之下，以下犯上，以臣弒君是一種大逆不道的罪行。稱王稱君的人，所謂「順天承命」，地位至尊至高，他們的作為縱使有錯誤，臣下也只能進諫，不可叛逆。趙盾知道這個道理，所以他不願意承擔這種惡名，就自己跑出國了。在他走後，他的族人趙穿藉著人民對靈公的怨怒，殺了靈公，迎接趙盾回來。趙盾以為弒君的罪名，應與自己無涉，對於這一弒君事件卻也不再過問。然而，史官卻根據封建制度下的道德規律，仍把罪名加在他的身上。原因就是弒君乃是滔天大罪，趙盾身為晉國正卿，卻置而不問，等於容許了這樣的罪行，破壞了傳統的道德規範。傳統的道德規範一經破壞，封建的統治就不好維持，無異是開了亂源。所以史官仍把弒君的罪名加在趙盾的身上，用以垂誡將來。照現在的眼光來看，這種古代的封建道德是應該廢除的。像晉靈公無道，有人順從民意起來推倒他，不但沒錯，而且值得稱許；不過把他殺死了，仍然算是一種野蠻的舉動。這是古今觀念的異同，我們了解就好，不必過度責斥古人。

本文共分五段。第一段解釋經文，用問答的形式逐層解釋，這是《公羊傳》、《穀梁傳》常用的文體。史書上所以寫成「趙盾弒君」，就是由於趙盾返國而不討賊，這也就是全篇的總綱。以下即追敘史實，作為補充的說明。解說如剝絲抽繭，層層推進；敘事亦峭拔有力，別具風格。第二段舉兩個例子，記敘靈公的無道：一為彈射上朝的大夫；一為只因細故，怒殺廚師。第三、四兩段記敘靈公的兩次謀殺趙盾：一次派人行刺，一次計誘入宮。最後一段記敘趙盾在靈公被殺之後，回國卻不討賊，回應首段對經文的解釋。

從敘述中，作者寫靈公和趙盾兩個人，可以看出，是用一種對比的寫法。靈公雖然是國君，但因為他暴虐無道，滿朝竟沒有忠心於他的人，他叫人把廚師的屍體偷偷從小門運出，那人卻不忠於他，一見趙盾，就把祕密盡洩了；他派人刺殺趙盾，那人卻自動地違命了；後來他再想派人行刺趙盾，竟至無人可派；到了計誘趙盾入宮時，趙盾逃跑，竟然無人追趕，逼得他喚出猛犬來追；埋伏的武士，竟然有人公然背叛，救出趙盾，其他的武士也都袖手旁觀，不加阻止。這樣的國君，焉得不亡？我們再回頭看趙盾，他雖然是個臣子，但他能深得人心，滿朝上下幾乎都是擁護他的人，甚至靈公的親信都倒向他這一邊來。他所以能達到這個地步，可以從文中對他的描述看出來。他看到靈公因為細故殺人，就犯顏進諫；他的生活簡樸，可以使靈公派去的刺客不忍行刺；被誘入宮中時，祁彌明可以為他犧牲；從他和那位救他出險的武士的對話來看，更可以知道他平時是如何的施行德惠、獲得民心。這和靈公的無道，恰成一個強烈的對照。

不過，文中對趙盾似乎亦有微詞。像寫他被猛獒追殺時，車右祁彌明為他抵死抗拒，他竟然還有閒情回頭嘲笑靈公說：「你的猛犬，不如我的猛犬呢！」這些地方，恐怕正是《公羊傳》的春秋筆法。

虞師晉師滅夏陽

穀梁傳

（僖公二年）虞師、晉師滅夏陽❶。

非國而曰「滅」❷，重夏陽也❸。虞無師❹，其曰「師」，何也？以其先晉❺，不可以不言師也。其先晉，何也？為主乎滅夏陽也❻。夏陽者，虞、虢之塞邑❼也。滅夏陽，而虞、虢舉❽矣。虞之為主乎滅夏陽，何也？

【注釋】

❶以上為《春秋》經文，以下是經文的逐層解釋。師：軍隊。夏陽：一作「下陽」，城邑名，在今山西解縣東北。

❷此句是說：夏陽並非一國，僅為一邑，何以言「滅」。根據《春秋》的筆法，通常對國家才說「滅」。

❸夏陽當時是虞、虢二國的邊境要地。夏陽一失守，虞、虢二國就危險了，所以夏陽地位重要。重：這裡是突出、強調的意思。

❹虞無師：虞國沒有軍隊。虞為小國，不當有師。

❺先晉：在晉國前面。是說伐虢雖是晉國所發動，但滅夏陽卻是虞國跑在晉國前頭。

❻主乎滅夏陽：虞國主動滅夏陽的意思。關於《春秋》原文先虞後晉的解釋，三傳不同。《左傳》以為

虞國受賄，《公羊傳》以為虞是首惡。
❼塞邑：邊塞重鎮，邊界門戶的地方。
❽舉：攻佔。

【語譯】

（魯僖公二年）虞國的軍隊和晉國的軍隊滅了夏陽。

夏陽並非一個國家，這裡卻說是「滅」，這是特別強調夏陽重要的意思。虞國照理不應該有軍隊的，但這裡也說是「虞國的軍隊」，是什麼道理呢？這是因為它排在晉國的前面攻打夏陽，因此就不可以不說是「虞國的軍隊」了。虞國排在晉國的前面，又是什麼道理呢？因為主動要滅夏陽的是虞國呀。夏陽這個地方，是虞、虢兩國交界的險要城鎮呀。滅了夏陽，則虞、虢兩國都可以攻佔了。那麼，虞國的主動要滅夏陽，又是什麼道理呢？

晉獻公❶欲伐虢，荀息❷曰：「君何不以屈產之乘❸，垂棘之璧❹，而借道❺乎虞也？」公曰：「此晉國之寶也。如受吾幣❻而不借吾道，則如之何？」荀息曰：「此小國之所以事大國也。彼不借吾道，必不敢受吾幣；如受吾幣而借吾道，則是我取之中府❼而藏之外府，取之中廄❽而置之外廄也。」公曰：「宮之奇存焉❾，必不使受之也。」荀息曰：「宮之奇之為人也，達心而懦❿，又少長於君⓫。達心則其言略⓬；懦，則不能彊諫；少長於君，則君輕之。且夫玩好⓭在耳目之前，而患在一國之後⓮。此中知⓯以上乃能慮之，臣料虞君中知以下也。」公遂借道而伐虢。

【注釋】

❶ 晉獻公：名詭諸，晉文公之父。文公元年為西元前六七六年。
❷ 荀息：字叔，晉國大夫。
❸ 屈：晉國地名，在今山西吉林縣東北，當時以產良馬著名。乘：馬。
❹ 垂棘：晉國地名，當時以產美玉著名。
❺ 借道：借路經過。晉伐虢，必經虞地，故須借道。古有過邦借道之禮。
❻ 幣：古時玉、馬、璧、皮、圭、帛等的統稱。
❼ 中府：內庫。
❽ 廄（音「就」）：馬房。
❾ 宮之奇：人名，虞國的賢大夫。存：意同「在」。
❿ 達心：直性。懦：意志薄弱。
⓫ 少長於君：年紀比虞君稍大。一說，從小和國君一起長大。
⓬ 言略：說話只舉綱要而不詳盡。

⑬ 玩好（音「浩」）：指良馬美玉。
⑭ 患在一國之後：是說虞國的憂患，在虢國滅了之後，虞君才能覺察，此時他不會知道。
⑮ 中知：具有中等才智的人。知：同「智」。

【語譯】

原來當初晉獻公想攻打虢國的時候，大夫荀息對他說：「國君為什麼不拿出屈地出產的良馬和垂棘出產的美玉，去向虞國要求借道呢？」獻公說：「這都是晉國的寶物呀。如果虞國接受了我們的寶物，卻不肯借給我們道路，那怎麼辦呢？」荀息說：「這是小國用來事奉大國的道理呢。他若不借給我們道路，就必定不敢接受我們的寶物；如果他接受了我們的寶物，而借路給我們，那就像是我們把美玉從內庫裡取出來藏在外庫裡，把良馬從內廐裡牽出來拴在外廐裡一樣的呀。」獻公說：「虞國的賢大夫宮之奇還在，這人一定會勸阻虞君，不讓他接受我們的寶物的。」荀息答道：「宮之奇的為人，性情率直，但意志卻不堅強；他的年齡又比虞君稍微大一點而已。因為是率直的個性，那麼說話就簡略不詳盡；因為意志薄弱，那麼諫諍就不能堅持到底；再加上年齡又比虞君大不了多少，虞君一定不會重視他的意見。況且可供玩賞遊樂的東西就在耳目之前，而虞國將來的患難卻要在虢國滅亡了以後。這是中智以上的人才能預先看得出來的，我覺得虞君是一個中智以下的人。」於是晉獻公便向虞國借道去攻伐虢國。

宮之奇諫曰：「晉國之使者，其辭卑而幣重，必不便於虞❶。」虞公弗聽，遂受其幣而借之道。宮之奇諫曰：「語曰：『脣亡則齒寒❷。』其斯之謂與？」挈其妻子以奔曹❸。

【注釋】

❶ 便：利。不便於虞：不利於虞國。

❷ 脣亡則齒寒：古代諺語，比喻利害關係的密切。

❸ 挈：帶領。曹：國名，在今山東曹縣。

【語譯】

宮之奇向虞君進諫說：「晉國的使者，他的言辭這麼謙卑，而禮物又這麼貴重，這事一定對虞國不利。」虞公不聽他的話，竟收下了晉國的禮物，而答應借給晉國道路。宮之奇又諫道：「有句諺語說：『嘴脣沒有了，那麼牙齒就會受寒的。』那就是這個意思吧？」便帶著他的妻子避難到曹國去了。

獻公亡虢，五年，而後舉虞❶。荀息牽馬操璧而前，曰：「璧則猶是❷也，而馬齒加長❸矣。」

【注釋】

❶ 晉滅虞國，在僖公五年，即西元前六五五年。此一記載，與《左傳》稍有不同。

❷ 猶是：如故，還是這個樣子。

❸ 馬齒加長：馬齒隨年齡而加增。人以馬齒的多少，可以推知馬的年歲。

【語譯】

晉獻公終於滅了虢國，在魯僖公五年，以後攻佔了虞國。荀息牽著良馬，拿著美玉，走到獻公面前說：「美玉還跟從前一樣，而良馬的牙齒卻多長了幾顆了。」

析論

本文選自《穀梁傳．僖公二年》，標題採用《春秋》原文，這是春秋時有名的「假道伐虢」的故事。這個故事，《左傳》和《公羊傳》也都有記載。

晉國是個大國，它想擴大地盤，侵略虞國和虢國（都在今山西平陸附近），以前因為這兩個小國團結抵抗，沒有辦法達到目的。這次晉國採用了荀息的計謀，拿良馬寶器去賄賂虞君，請他准許晉國借路通過虞國去伐虢國，虞君貪心，不但答應了晉國的借道，而且甘為前驅，幫助晉國奪取了虢國的夏陽。夏陽是虞、虢二國交界的險要城邑，這地方一旦失去，虞、虢二國就岌岌可危了，這就是所謂脣亡而齒寒。後來晉國果然先後把這兩個小國都滅了。晉滅夏陽，在魯僖公二年，即西元前六五八年；晉滅虢、虞兩國，在魯僖公五年，當西元前六五五年。

這一篇文章，解釋「虞師晉師滅夏陽」這句《春秋》原文的含義，主要在於強調夏陽這一地方關係著虞、虢兩國的存亡，並補敘滅夏陽後的結果。全文共分四段，除第一段為解說體外，其餘都是敘述體。第一段先從《春秋》原句中尋繹出兩個重點：一是「重夏陽」；一是「虞之為主乎滅夏陽」。再就後面的一個重點，用疑問語引起下文。第二、三兩段都是敘述「晉國借道」的史實，用作「虞之為主乎滅夏陽」的註解。末段補敘虞、晉滅夏陽以後的結果。荀息牽馬操璧數語，呼應上文，餘味無窮。

第三段所敘宮之奇諫虞君的那幾句話，和第二段荀息所說「達心則其言略，懦則不能彊諫」諸語，可以互相參證。照這樣看來，如果宮之奇把話說得詳盡一些，肯再堅持下去的話，也說不定能使虞君醒悟過來。不過就《左傳．僖公五年》所記宮之奇諫假道的話，卻並非言不詳盡，亦非不能強諫，主要的還是虞公不肯聽從他的勸諫。

晉國所以能夠滅掉虞、虢兩國，虞國所以自取滅亡，全在虞君的一念之差，准許晉國借道而滅了夏陽。否則，虞君無貪利之心，聽從宮之奇的話，明白脣亡齒寒的道理，那麼，夏陽不會失掉，虞、虢兩國也都不至於那麼快滅亡。所以這一借道的故事，意義實在重大。《春秋》於夏陽失陷時如此大書特書，用意即可概見。

【附錄】

《春秋》在群經中的地位

戴君仁

六經是儒家寶典，都經過孔子之手。據《史記．孔子世家》，孔子自衛返魯，開始編著六經。〈世家〉說：「孔子之時，周室微而禮樂廢，詩書缺。追蹤三代之禮，序書傳，上紀唐虞之際，下至秦穆，編次其事。……故書傳禮記自孔氏。」這是敘《書》、《禮》兩經為孔子所編次。

〈世家〉又云：「孔子語魯太師，樂其可知也：始作，翕如，皦如；縱之純如，繹如也以成。吾自衛返魯，然後樂正，雅頌各得其所。古者詩三千餘篇，乃至孔子，去其重，取可施于禮義；上采契、后稷，中述殷、周之盛，至幽、厲之缺，始于衽席。故曰：關雎之亂，以為風始，鹿鳴為小雅始，文王為大雅始，清廟為頌始。三百五篇，孔子皆弦歌之，以求合韶武雅頌之音。禮樂自此可得而述，以備王道，成六藝。」這是敘孔子正《樂》刪《詩》。刪《詩》之說，雖頗為後儒所疑，但三百五篇曾經孔子編次，當為可信的。

〈世家〉又云：「孔子晚而喜易，序、彖、繫、象、說卦、文言，讀易韋編三絕。曰：假我數年，若是，我於易則彬彬矣。」

彖、象、文言等，這是所謂十翼，亦謂之易傳，〈世家〉說是孔子的作品，但後儒亦多不信。認為易傳必非孔子所作，亦未必一人所為。他們的看法是很對的。可是孔子曾經研究過《易》，且曾申說其義理，應無問題。雖「五十學易」，易字或作亦，且在《論語》中，只舉到一次〈周易〉的爻辭。但從文言、繫辭所引子曰，可知內中必有孔子所說的。

綜合上文看起來，雖然《詩》《書》等經，都曾經聖人之手，而沒有一經是他作的，只不過是編的，只是「釐正次第之」而已。

孔子手著的經書，惟有《春秋》一經。〈世家〉說：「子曰：弗乎！弗乎！君子病沒世而名不稱焉。吾道不行矣，吾何以自見於後世哉？乃因史記作春秋，上自隱公，下迄哀公十四年，十二公。據魯，親周，故殷，運之三代，約其文辭而指博。故吳楚之君自稱王，而春秋貶之曰子。踐土之會，實召周天子，而春秋諱之曰，天王狩於河陽。推此類，以繩當世貶損之義。後有王者，舉而開之，春秋之義行，則天下亂臣賊子懼焉。孔子在位，聽訟文辭，有可與人共者，弗獨有也。至於為春秋，筆則筆，削則削，子夏之徒，不能贊一辭。弟子受春秋。孔子曰：後世知丘者以春秋，而罪丘者亦以春秋。」

這裡說孔子因史記作《春秋》，雖有所因，可是作的是他根據魯史，寫成了《春秋》經。所謂史記，即指魯史，「春秋」本魯史舊名。孟子說：「晉之乘，楚之檮杌，魯之春秋，一也。」（〈離婁篇下〉）從司馬遷敘孔子修經，對《春秋》特別詳細這一點來看，可知太史公特別重視《春秋》，正因為《春秋》是孔子所手著的緣故。在此以前，孟子也說：「世衰道微，邪說暴行有作；臣弒其君者有之，子弒其父者有之；孔子懼，作春秋。」也認為《春秋》是孔子作的，作的當然比編的重要。所以六經都是儒家的寶典，我們不容軒輊，但就孔子說，廣一點就儒家說，《春秋》更比餘經來得重要。

《史記》自序裡引董仲舒的話說：「周道衰廢，孔子為魯司寇，諸侯害之，大夫壅之。孔子知言之不用，道之不行也，是非二百四十二年之中，以為天下儀表。貶天子，退諸侯，討大夫，以達王事而已矣。子曰：我欲載之空言，不如見之於行事之深切著明也。夫春秋上明三王之道，下辨人事之紀；別嫌疑，明是非，定猶豫；善善惡惡，賢賢賤不肖；存亡國，繼絕世，補敝起廢，王道之大者也。易著天地陰陽四時五行，故長於變；禮經記人倫，故長於行；書記先王之事，故長於政；詩記山川谿谷，禽獸草木，牝牡雌雄，故長於風；樂樂所以立，故長於和；春秋辯是非，故長於治人。是故禮以節人，樂以發和，書以道事，詩以達意，易以道化，春秋以道義。撥亂世，反之正，莫近於春秋。春秋文成數萬，其指數千。萬物之散聚，皆在春秋。春秋之中，弒君三十六，亡國五十二；諸侯奔走，不得保其社稷者，不可勝數。察其所以，皆失其本已。故易曰：失之毫釐，差以千里。故曰，臣弒君，子弒父，非一旦一夕之故也，其漸久矣。故有國者，不可以不知春秋，前有讒而弗見，後有賊而不知。為人臣者，不可以不知春秋，守經事而不知其宜，遭變事而不知其權。為人君父而不通於春秋之義者，必蒙首惡之名。為人臣子而不通於春秋之義者，必陷篡弒之誅，死罪之名。其實皆以為善為之，不知其義，被之空言而不敢辭。夫不通禮義之旨，至於君不君，臣不臣，父不父，子不子。夫君不君則犯，臣不臣則誅，父不父則無道，子不子則不孝；此四行者，天下之大過也。以天下之大過，予之則受而弗敢辭。故春秋者，禮義之大宗也。夫禮禁未然之前，法施已然之後；法之所為用者易見，而禮之所為禁者難知。」

董生是西漢春秋學大師，這一長段論春秋學的話，最能道出《春秋》的要義，我們就這段話分疏：

一、孔子因身不用，道不行，而作《春秋》，可見《春秋》是孔子理想所託。

二、《春秋》辯是非，故長於治人。

三、《春秋》以道義。

四、《春秋》為禮義之大宗。

至於貶天子，退諸侯，討大夫，世所謂褒貶之義，雖出於董生之口，有些過尊孔子，我們且不談。我們要指出這四點，作為《春秋》要義，是由於《春秋》一經，乃孔子意圖挽救當時時代病症的藥方，所謂撥亂世反之正。他因身不用，道不行，不能當位治世，救亂扶衰，只好開藥方，我們可認為是他的理想所託。孔子的時代，正是亂世，亂的情形，可以說萬端不盡，而其總因，只是一個不合理，即是失義。政治上、社會上所做的盡是些不合理、不應當做的事情，而其所以相沿相襲做不應當做的事情，由於不辨是非、不知義，不曉得哪些是對的、該做的，哪些是錯的、不該做的。所以董生一則曰，《春秋》辨是非，《春秋》以道義（道，言也）；

再則曰，《春秋》禮義之大宗。禮義固然都包括知行兩方面，而禮者履也。偏重踐履方面，可以說是合理的行為。義者宜也，須要先辨其宜不宜，應該不應該，分清楚是與非，也可以說是合理的見解（朱子注《孟子》〈知言養氣章〉云：義者，人心之裁制。今用其意）。這樣，禮義是相成的。《春秋》道名分，譏僭越，惡爭奪，那是禮邊的事；別嫌疑，明是非，善善惡惡，都是義上的事。

宋儒呂大圭《春秋五論》論《春秋》為明是非之書，意思很好，現在節錄一段於下：「……人性之動，始於惻隱，而終於是非。惻隱發於吾心，而是非公乎天下。世之盛也，天理素明，人心素正，則天下之人以是非為榮辱。世之衰也，天理不明，人心不正，則天下之人以榮辱為是非。世之所謂亂臣賊子恣睢跌蕩，縱人欲以滅天理者，豈其悉無是非之心哉？故雖肆意所為，莫之或制，而其心實未嘗不知其非，而惡夫人之議己。此其一髮未亡之天理，不足以勝其浸淫日滋之人欲，是以迷而不復，為而不厭。而其所謂自知其非者，終自若也。則其心未嘗不欲紊亂天下之是非，以託己於莫我議之地。既上幸無明君為之正王法以定其罪，而又幸世教不明，人心不正，習熟見聞，以為當然，曾莫有議其非者。則為亂臣賊子者，又何其幸之又幸邪？是故唐虞三代之上，天理素明，人心素正，是非善惡之論素定，則人之為不善者，又不待刑罰加之，刀鋸臨之，而自然若無所託足於天地間。世衰道微，天理不明，人心不正，是非善惡之論幾於倒置，然後亂臣賊子，始得以自容於天地之間，而不特在於禮樂征伐之無所出而已也。孔子之作春秋也，要亦明是非之理以詔天下與來世而已。是非者，人心之公理，而聖人因以明之，則固自有犂然當乎人心者。彼亂臣賊子聞之，固將不懼於身，而懼於心；不懼於明，而懼於暗；不懼於刀鋸斧鉞之臨，而懼於倏然自省之頃；不懼人欲浸淫日滋之際，而懼於天理一髮未亡之時。此其扶天理遏人欲之功，顧不大矣乎……」呂氏之論，甚為精卓，和董仲舒的辯是非，可謂千載同心。

以上已申說了《春秋》辯是非，再進一步論《春秋》「治人」。世儒既認《春秋》為褒貶賞罰之書，甚至於認《春秋》有貶無褒，於是《春秋》只是聖人一部刑書，這便偏於消極制裁一方面，而引發了許多深刻之論。實則《春秋》長於治人，治人就是經世。宋儒程伊川在他的《春秋傳序》裡說：「夫子當周之末，以聖人之不復作也，順天應時之治不復有也，於是作春秋，為百王不易之大法。所謂考諸三王而不謬，建諸天下而不悖，質諸鬼神而無疑，百世以俟聖人而不惑者也。先儒之論曰，游夏不能贊一辭，辭不待贊也，言不能與於斯道耳。斯道也，惟顏子嘗聞之矣。行夏之時，乘殷之輅，服周之冕，樂則韶舞，此其準的也。後世以史視春秋，謂褒善貶惡而已，至於經世之大法，則不知也。」伊川提出了經世之大法，經世治人和辯是非是相關的。所以伊川又說：「春秋大義數十，其義雖大，炳如日星，乃易見也。惟其微辭隱義，時措從宜者，為難知也。或抑或縱，或與或奪，或進或退，或微或顯，而得乎義理之安，文質之中，寬猛之宜，是非之公，乃制事之權衡，揆道之模範也。」在古人，《莊子》書中也說：「春秋經世，先王之志。」（〈齊物論〉）這表明《春秋》是孔子在政治上積極的理想所託。

孔子的政治上最高理想，是天下為公，宋儒胡安國的《春秋傳》，曾一再舉出此義，我們也選錄幾條：

胡傳卷一：隱公元年三月，公及邾儀父盟于蔑。傳云：「春秋大義公天下，以講信修睦為事。而刑牲歃血，要質鬼神，則非所貴也。」

又三年冬十有二月，齊侯鄭伯盟于石門。傳云：「外盟會，常事也，何以書？在春秋之亂世，常事也；於聖人之王法，則非常也。有虞氏未施信於民而民信，夏后氏未施敬於民而民敬。殷人作誓而民始畔，周人作會而民始疑。子曰：大道之行與三代之英，丘未之逮也，而有志焉。諸侯會盟來告則書而弗削者，其諸以是為非常典而有志於天下為公之世乎？故凡書盟者惡之也。」

又卷七莊公六年夏六月，衛侯朔入于衛。傳云：「春秋大義在于天下為公，選賢與能，而不拘大人世及之禮，雖以正取國，未之貴也，況殺其兄，又逆王命乎？故衛侯朔書名書入，以著其惡。」

《春秋》書王正月，大一統，這就是天下主義；夷狄可進則進之，也是天下主義；並不拘于一國為尊。胡傳拈出天下為公為《春秋》大義，不算附會。況《春秋》以明是非為主，是非之極至，必然歸于至公。那麼，說明是非推衍到天下為公，也是理所應有。以《春秋》和〈禮運〉相配合，胡氏實在康有為之前。

以上我們所討論的，已是《春秋》的價值，價值既明，則在經書中地位可知。況《春秋》

是孔子最晚成的一經。據〈孔子世家〉，孔子返魯在哀公十一年，返魯後開始修經；而作《春秋》在哀公十四年獲麟之後，至十六年孔子便去世。那麼，作《春秋》是編定《詩》、《書》等經之後的事。所以朱子說：「春秋是末後事，惟理明義精方見得。」這樣看起來，《春秋》在群經中，當然是重要的。

【肆】

國語

《國語》解題

《國語》是春秋時期各國史官記載的史料，記錄各國貴族的言論、活動。司馬遷和班固認為編纂者是左丘明，但近人多不採信。根據近人研究的結果，《國語》應為彙編之書，非出於一時一人之手，它是以記言形式編成的國別體的歷史著作。

全書共二十一篇，包括八個組成部分，分別記載周、魯、齊、晉、鄭、楚、吳、越等八國的事蹟。每篇包括了若干則不相連屬的記言文字，每一部分的起訖時間和記載方式，也都自成系統，而且常有重複的記載，這可說明在一篇之內，也不一定是出於一人之手。

《國語》敘述的史實，從西周穆王二年（西元前九九〇年）起，到東周定王十六年（西元前四五三年）晉卿智伯被殺為止，前後共五百三十八年。它所反映的當時政治、外交、戰爭等等情況，有些地方和《左傳》內容相似，例如晉公子重耳出亡和歸國的記載；有些史實則只在《國語》裡出現，而且時代上及於西周。因為從西漢以來，大多數的人都認為《國語》和《左傳》同是左丘明的作品，《左傳》又為經學家所尊奉，因此漢唐時代，很多人把《左傳》叫做《春秋內傳》，而把《國語》叫做《春秋外傳》。其實，《國語》上起周穆王，下及魯悼公，範圍超出春秋時代，而且在體裁和敘述方面，和《左傳》也不相同。《國語》是國別史，而《左傳》則是編年史；《國語》重在記言，而《左傳》則重在記事。

從文學角度看，《國語》的記述比較瑣屑，議論比較支蔓，比《左傳》要遜色。但所記載的一些言論和描寫的一些人物形象，也有它的成功之處。例如〈召公論弭謗〉一節，通過召公的勸戒，指出防民之口，甚於防川，說明了為政者必須重視民意的道理。〈驪姬亂晉〉一節（〈晉語上〉），寫出驪姬迷惑晉君的情事，塑造了優施等人的醜惡形象。在〈吳語〉和〈越語〉裡，記載勾踐和申包胥以及與文種、范蠡的對話，都能借人物對話來突出人物的性格特點。像這些地方，都有很高的藝術價值。在先秦的歷史散文中，是一部重要的著作。

古代的歷史散文，《尚書》最早。但《尚書》過於簡樸，可謂質而不文。《春秋》經雖然比《尚書》稍有進步，但仍然失之過簡，難怪有人說它是「斷爛朝報」。到了《左傳》和《國語》，中國的歷史散文在人物刻劃和記敘技巧上，才有長足的進步。

關於《國語》的注解論著，東漢鄭眾、賈逵和三國虞翻、康固等人的注釋已經失傳，三國韋昭的《國語解》是現存比較完善的注釋本。通行的刻本，出於宋刻的有兩種，一是宋公序補音本，一是明道本。明道本附有清人黃丕烈的校刊《札記》二卷、汪遠孫《考異》四卷。韋注文字簡潔，又多保存古訓，是研究《國語》必讀之書。近人徐元誥著《國語集解》二十一卷，吸收了清代學者的意見，也很有參考價值。

國語選

召公論弭謗❶

國語

厲王❷虐，國人謗王❸。召公❹告王曰：「民不堪命❺矣！」王怒，得衛巫❻，使監❼謗者。以告，則殺之。國人莫敢言，道路以目❽。

【注釋】

❶ 選自《國語‧周語上》。有人題作「召公諫厲王止謗」。

❷ 厲王：名胡。他是西周最著名的一個暴君。在位三十七年（西元前八七八～八四二）。召公諫止謗事，在厲王被逐前三年，當為西元前八四五年。

❸ 國人：古代住在大都城的人，通常是工商業者。農夫住在田野小邑，叫做野人。謗王：是說國人輿論都指責厲王。

❹ 召公：即召穆公，名虎，他是厲王的卿士。召，通「邵」。

❺ 民不堪命：人民受不了暴虐的政令。

❻ 衛巫：衛國的巫者。衛國在今河北大名縣及河南衛輝縣一帶。

❼ 監：監視。

❽ 此二句是說：國人不敢講話，走路的人只敢用眼睛示意對方。

【語譯】

周厲王暴虐，國人都毀謗他。召公稟告厲王說：「人民已經不能忍受暴虐的政令了！」厲王聽了很生氣，找來一位衛國的巫者，叫他去監視那些毀謗的人；只要他一報告，就把毀謗厲王的人殺掉。因此國人都不敢說話了，路上碰見，只敢彼此用眼睛示意。

王喜，告召公曰：「吾能弭❶謗矣，乃不敢言。」召公曰：「是障❷之也！防民之口，甚於防川。川壅而潰❸，傷人必多。民亦如之。是故為川者決之使導❹，為民者宣❺之使言。

「故天子聽政，使公卿至於列士獻詩❻，瞽獻曲❼，史獻書❽，師箴❾，瞍賦❿，矇誦⓫，百工諫⓬，庶人傳語⓭，近臣盡規⓮，親戚補察⓯，瞽史教誨⓰，耆艾脩之⓱，而後王斟酌⓲焉。是以事行而不悖⓳。

「民之有口也，猶土之有山川也，財用於是乎出；猶其有原隰衍沃⓴也，衣食於是乎生。口之宣言也，善敗於是乎興㉑。行善而備敗，其所以阜財用衣食者也。夫民，慮之於心而宣之於口，成而行之，胡可壅也㉒？若壅其口，其與能幾何㉓？」

【注釋】

❶弭（音「米」）：制止。

❷障：防堵，防止。原意是防水的堤。

❸壅：堵塞。潰：水向側面決了口。

❹為：治理。導：通。

❺宣：開放的意思。

❻公卿：指三公（太師、太傅、太保）和九卿（少師、少傅、少保、冢宰、司徒、宗伯、司馬、司寇、司空）。列士：周代士有三等：上士、中士、下士。這裡指上士。這句是說教公卿至於上士獻詩諷刺當時的政治。

❼瞽：瞎子，指掌管音樂的樂師。曲：樂曲。這些樂曲都是民間歌謠，可以反映人民的意見。曲或作「典」，非是。

❽史：太史。書：指古代的典籍，所謂三皇五帝天時禮法之書。

❾師：少師，官名。王者的師傅之一。箴（音「真」）：規戒。

❿瞍（音「藪」）：沒有瞳孔的瞎子。賦：指公卿列士所獻的詩。

⓫矇：有瞳仁而看不見東西的瞎子。誦：朗誦，指箴諫規戒的文章。

⓬百工諫：各種有工藝的人，都藉工作技藝來勸諫。例如〈魯語〉中記載，魯國一個名叫慶的匠師，糾正魯莊公用紅色塗桓公廟柱並雕刻廟的屋椽之類。一說，百工即百官，或樂工。

⓭庶人傳語：是說平民對於朝廷施政的意見，雖然不能直接上達，但是卻可以在街巷之間輾轉傳言，最後仍然可以反映。

⓮近臣：左右服侍君王的人。盡：作「進」字講。規：指勸戒的話。一說，規：規劃。於義不合。

⓯親戚：指國王同宗的臣子。補：補救過失。察：察辨是非。

⓰瞽史教誨：承接上文「瞽獻曲，史獻書」而來，是說樂師、太史藉著獻曲獻書來教導。一說，瞽史一職，主休咎，曉未來，身分極高。

⓱耆艾：老年人的通稱。六十歲叫耆，五十歲叫艾。這裡指君王的師傅。脩：整理。這句承接上文「親戚補察」諸語而來。

⓲斟：取。酌：行。斟酌：考慮、採取的意思。

⓳不悖：不違背道理。

⓴地勢寬闊而平坦的叫原；低下而潮濕的叫隰（音「席」）；低而平坦的叫衍；有河流灌溉的叫沃。這句一本作「猶原隰之有衍沃也」。

㉑宣：發布，表達。善敗：人民所喜歡的和不喜歡的。興：起來，發生。

㉒成：就，成熟。而：與「則」同意。胡：何，哪裡。

㉓與（音「宇」）：語助詞。其與能幾何：這能夠多久呢？一說，與：偕，從。句謂他們能夠跟從你的有多少？

【語譯】

厲王非常高興，告訴召公說：「我能夠制止謗言了，他們已經不敢隨便說話了！」召公說：「這是（像堵住水流那樣）堵住他們的嘴呀。堵住人民的嘴，比堵住河川還要危險呢。堵住河川，一旦壅塞而堤防崩潰了，洪水泛濫起來，傷害人民一定很多。堵住人民的嘴，情形也像這個樣子。因此治理河川的人，貴在除去障礙，使水能夠暢流；管理人民的，貴在開導他們，使他們自由說話。

「所以天子處理國事，要使上自公卿大臣，下至列士官員，都進呈諷刺的詩歌，樂師進呈民間的樂曲，太史進呈古代的典籍，少師進呈警戒的箴言，瞍者朗誦詩歌來諷諫，矇者誦讀箴言來規勸，所有工匠用技藝來進諫，老百姓間接地傳達他們對國事的意見，近侍隨時進言規戒，宗室大臣彌補國王的缺失、監督國王的行政，樂師、太史多對國王教誨，上了年紀的師傅，多對國王修正，然後再由國王自己裁奪施行。因此一切事情能夠順利實施而不悖情理。

「人民的有嘴說話呀，就如同土地之有山川呀，財富、用度於是就從這裡產生了；也就如同土地之有平原、溼地、盆地、沃野呀，衣食的資源就從這裡產生了。人民的自由發言呀，行政的好壞，都從這裡反映、顯露出來。推行人民認為好的，防範人民認為壞的，這就是用來豐富財產、用度和衣食的辦法呀。要知道人民先要在心裡考慮過了，然後才用嘴說出來；他們的意見是考慮成熟之後，才自然流露出來的呀，怎麼能夠堵塞呢？如果堵住他們的嘴，那麼國家的命運還能維持多久呢？」

王弗聽。於是國人莫敢出言。三年，乃流❶王于彘❷。

【注釋】

❶流：放逐。

❷彘（音「志」）：地名，在今山西霍縣東北。

【語譯】

厲王不聽。於是人民都不敢說話了。三年以後，終於把厲王放逐到彘地去。

析論

本文選自《國語．周語上》，是一篇以記言為主的歷史散文，記述了召公向厲王進諫「弭謗」的經過，闡明了民言不可壅的道理。

全文分為三大段。

第一大段，寫弭謗的由來。是藉厲王的暴虐和人民的怨怒，相對來寫的。

周厲王是西周夷王的兒子，姓姬名胡。他在西元前八七八年即位以後，暴虐無道，政令苛嚴，因此引起人民的反抗。寫國都中的人由「謗王」而「莫敢言，道路以目」，是說明事情的日趨嚴重，人民的反對，已由口中不滿轉為心生怨恨。寫厲王用衛巫「使監謗者」，「以告，則殺之」，這是以刑殺為威，壓制輿論，說明厲王的變本加厲，橫暴自欺。據韋昭《國語解》說：「以巫有神靈，有謗必知之」，厲王任用衛國的巫者做耳目，正寫厲王和國人之間彼此的不信任。「民不堪命」，點明了問題的嚴重性；「道路以目」則為下文「流王于彘」設下伏筆。

第二大段，寫召公對厲王進諫，用兩個比喻，反覆闡明「民言不可壅」的道理。這是全文的重心所在。

「王喜，告召公曰：『吾能弭謗矣，乃不敢言。』」這幾句話，不僅在結構上承先啟後，起了過渡作用，同時在內容表達上，也有其意義。聞謗而怒，監而殺之，其暴可知；人莫敢言，弭謗而喜，其愚何及！一怒一喜，怒顯其暴，喜示其愚，這就完整地顯示出厲王的為人。含義極為深刻。

接著，文章又分三層來記述召公的諫言。第一層說明輿論不能「壅」而必須「宣」的道理。召公首先提出厲王這種弭謗，「是障之也」。然後再以「防川」作喻。「川壅而潰，傷人必多。民亦如之。」明確指出「弭謗」的危險所在。因此，必須像「為川者決之使導」那樣，要「為民者宣之使言」。這一句是全文的中心思想。比喻貼切，言簡意賅，說明了治理國家必須「宣之使言」的道理。

第二層是指出「宣之使言」的具體措施。文章指出天子聽政，不僅要求公卿、列士獻上諷諫的詩歌。而且還要瞽獻曲，史獻書等十多種人用各種不同的方式來進言。有直接的，有間接的，有唱的，有講的，有寫的，有教的；一句話，廣開言路，以供「斟酌」。只有這樣，天子的措施，才不至於違背事理。召公是藉古天子聽言求治的方法來諷諫厲王，希望他能夠效行。在《國語．楚語》中，有一段記載，說左史倚相告誡申公子亹，曾引衛武公的〈懿戒〉，其中所言，和本段可以參看。

第三層是進一步說明「宣之使言」的好處。文章以「土之有山川」和「原隰衍沃」來比喻「民之有口」。這是客觀存在的事實，任何人也改變不了的。而更重要的是，「土之有山川也，財用於是乎出」，「猶其有原隰衍沃也，衣食於是乎生」，「口之宣言也，善敗於是乎興」。文章一連用了三個「於是乎」，前兩句是賓，後一句是主，藉比喻突出了後者的重要意義。只有了解了「善」和「敗」，才能做到「行善」和「備敗」。這才是「阜財用衣食」的關鍵所在。文章由比喻而引出主旨，由主旨而點出其作用，把「宣言」提高到增加財用衣食的重要地位上來。這也就是說，這是一件關係到國家人民生死存亡的大事，切不可等閒視之。這樣的說法確實是有很強的說服力。

接著，文章用發語詞「夫」開頭，把文氣又推開一層，以反問的語氣進一步發議論，強調人民「慮之於心而宣之於口，成而行之，胡可壅也？」點明「障而弭謗」是不合適的。在這裡，「成而行之」有兩種解釋，一種是說人民所發表的言論，有好的意見，天子就應該去實行它；一種是說人民所發表的言論是考慮成熟之後自然流露出來的，怎麼能加以堵塞呢？兩說均可，不過筆者以為第二說較好。因為採第二說可以使全句的語氣都從人民這個角度出發，似乎比第一說插入天子應有所作為，來得更順暢一些。最後，文章明確指出壅民的必然後果——「其與能幾何？」是說國家的命運還能維持多久呢？也有人把這一句解釋為：能有多少人贊助你呢？和前面的「道路以目」可以遙相呼應，同時語氣比較委婉，符合臣子的身分，也頗可取。

這一大段從「宣之於言」的道理，講到具體的措施，再談到「宣言」和「壅民」的利弊，從正面和反面闡明了文章的主旨。層次分明，照應緊密，贏得後人的一致稱讚。金聖嘆在選批才子古文中就說：「前說民謗不可防，則比之以川；後說民謗必以敬聽，則比之以山川原隰。」前者以「防川」與「防民之口」對舉，後者則把山川和原隰分作兩層說明，以與「宣言」對舉，文章寫得樸實，話說得懇切，都非常感人。

末段說明事情的後果。「王弗聽，於是國人莫敢出言。」短短一句，既交代了厲王對諫言的態度，又照應了前面提出的「國人莫敢言」。這絕不是無意義的重複，而是著重指出民不可侮的意義。前面的「國人莫敢言」，還只是引起人民「道路以目」的消極反抗；而在拒納召公諫言以後的「國人莫敢出言」，結果卻引起人民積極反抗的行動：「三年，乃流王于彘」。從「道路以目」到「流王于彘」，這一變化，強而有力地說明了召公諫言的正確和重要。

總之，全文以厲王的「王虐」、「王怒」、「王弗聽」形成一條敘事的線索，和人民的「謗王」、「莫敢言」、「道路以目」、「流王于彘」交織在一起，形成了一個對立的兩面。文章簡潔明快，有理有喻，言簡意賅，表現了作者以記言為主來評述人物的寫作技巧。

本文結構井然，先寫厲王橫暴弭謗，引起民怨，次寫召公向厲王進諫，論箝制之害和宣導之益，最後寫厲王不聽規勸的下場。全文二百餘字，雖然以記言為主，卻能用簡明的文字，將事情的前因後果，一一交代清楚。尤其是記述召公對厲王諫言的一段文字，善於譬喻，層層推進，反覆論證，顯得說理透徹而氣勢充沛，實在不愧是一篇千古傳誦的文章。

季文子論妾馬

國語

季文子相宣、成❶，無衣帛之妾，無食粟之馬。仲孫它❷諫曰：「子為魯上卿，相二君矣；妾不衣帛，馬不食粟，人其以子為愛❸，且不華國❹乎！」文子曰：「吾亦願❺之。然吾觀國人，其父兄之食麤而衣惡者猶多矣，吾是以不敢。人之父兄食麤衣惡，而我美妾與馬，無乃非相人乎❻？且吾聞以德榮為國華❼，不聞以妾與馬。」

文子以告孟獻子。獻子囚之七日❽。自是子服之妾衣不過七升之布❾，馬餼不過稂莠❿。文子聞之，曰：「過而能改⓫者，民之上也。」使為上大夫。

【注釋】

❶ 季文子：魯國的上卿；宣公、成公時做了相國。
❷ 就是子服它，孟獻子的兒子。
❸ 愛：吝嗇。
❹ 華國：榮耀邦國。華，作動詞用。此句是說：相國的妾馬倘若太寒傖，連國家都顯得不光彩。

❺ 願：表示希望的意思，指華麗奢侈。

❻ 非相人乎：不是做相國的人吧。這一句，公序本作「無乃非相人者乎」，文義較順。

❼ 以德榮為國華：以德行榮譽來增加國家的光彩。

❽ 之：指仲孫它。這兩句是說：季文子把子服勸他奢侈的經過跟孟獻子說了，獻子就把子服拘囚了七天，以示懲戒。

❾ 八十縷為升。七升之布：指極粗之布。

❿ 餼：原指活的牲口，這裡指米糧。馬餼：餵馬的飼料。稂：童稂，害苗的雜草。莠：狗尾草。

⓫ 過而能改：犯了過失卻能夠改正。

【語譯】

季文子輔佐魯宣公、成公的時候，沒有穿絲帛的侍妾，沒有吃米穀的馬。仲孫它勸告說：「您當魯國的上卿，輔佐過兩個國君了，可是侍妾不穿絲帛，乘馬不吃米穀，人們將會認為您是吝嗇的，而且對國家也不光彩啊！」文子說：「我也希望那樣子。但是我看看國人，他們父兄的食物粗糙而且衣服簡陋的，還有很多呵，我因此不敢。人們的父兄食物粗糙、衣服簡陋，而我卻裝飾侍妾和乘馬，那恐怕不是做相國的人該有的行為吧？況且我只聽過：以品德榮譽來為國家增加光彩，沒有聽過可以依靠侍妾和乘馬的。」

季文子把這件事告訴了孟獻子。獻子關了他（仲孫它）七天。從此以後，子服（即仲孫它）的侍妾，穿的衣服不過是七升的粗布，乘馬的飼料不過是稂莠雜草。文子聽到這個消息，說：「犯了過錯卻能夠改正的人，是人民中的上等人啊！」就讓他做了上大夫。

析論

這一篇文章選自《國語．魯語》。

《國語》中很多重要的言論，都和儉以修德有關，這一篇也是其中之一。

季文子是魯國上卿，權高位重，照道理說，他的生活享受也應該比一般人高。可是，令人奇怪的是，他的侍妾沒有穿絲織品，他騎的馬沒有吃穀類。這種情形，在當時一定很引人注意，也一定很令人疑惑，所以仲孫它才忍不住去勸告他。

仲孫它說：「人其以子為愛，且不華國乎！」恐怕就是當時一般人對季文子的看法。季文子回答的話：「吾亦願之」，「吾是以不敢」，我們稍加推敲，也可以了解這些話裡的含意。季文子並不是說他不想，也不是說他沒有能力，去追求生活享受。他只是顧慮自己位居相國，應該以身作則，先天下之憂而憂，後天下之樂而樂。他覺得還有很多國人，沒有辦法使他們的父兄穿得好、吃得好，而自己就讓侍妾穿好的衣服、乘馬吃好的飼料，未免奢華過度，不是做相國的人應有的行為，因此，他不讓他的妾衣帛、馬食粟。更令人感動的是，他說：「吾聞以德榮為國華，不聞以妾與馬。」國家的光彩榮耀，原來就不是靠大家追求生活享受而得來的。驕泰奢侈，即使得到表面的光彩，那也只是「虛」榮而已，不能持久的。

仲孫它勸告的話，季文子不但不接受，反而轉告了仲孫它的父親孟獻子。孟獻子覺得兒子不成材，所以把他囚禁了七天。古代父子關係和今天不一樣，兒子被責打了，一向是自我檢討，不敢反抗的。仲孫它在被囚禁的七天之中，一定想通了季文子所說的道理，所以從此以後，侍妾也穿粗布，乘馬也吃糧草，不再貪圖奢華了。這種知過能改的態度，得到季文子的讚許，就派他做上大夫。古人說：「君子之德，風；小人之德，草。草上之風必偃。」說的就是這個道理吧。

這篇文章，分為三段。第一段記述季文子的儉樸，以妾不衣帛、馬不食粟作為具體的例證。第二段是文章的重心，藉季文子和仲孫它的對話，來說明儉以修德、不以妾馬為國華的道理。第三段寫仲孫它知過能改，間接說明了季文子對當時社會風氣的影響。

叔向賀貧

國語

叔向見韓宣子[1]。宣子憂貧，叔向賀之。

宣子曰：「吾有卿之名，而無其實[2]；無以從二三子[3]，吾是以憂。子賀我，何故？」

對曰：「昔欒武子無一卒之田[4]，其宮不備其宗器[5]，宣其德行，順其憲則[6]，使越[7]於諸侯。諸侯親之，戎狄懷[8]之，以正晉國，行刑不疚，以免於難[9]。及桓子[10]，驕泰奢侈，貪慾無藝[11]，略則行志[12]，假貨居賄[13]，宜及於難；而賴武之德，以沒其身[14]。及懷子[15]，改桓之行，而修武之德，可以免於難；而離桓之罪[16]，以亡於楚[17]。

「夫郤昭子[18]，其富半公室，其家半三軍[19]，恃其富寵，以泰[20]於國。其身尸[21]於朝，其宗滅於絳[22]。不然，夫八郤——五大夫、三卿[23]，其寵大矣！一朝而滅，莫之哀[24]也，唯無德也！

「今吾子有欒武子之貧，吾以為能其德[25]矣，是以賀。若不憂德之不建，而患貨之不足，將弔不暇[26]，何賀之有？」

宣子拜，稽首㉗焉，曰：「起㉘也將亡，賴子存之。非起也敢專承㉙之，其自桓叔以下㉚，嘉吾子之賜㉛。」

【注釋】

❶ 叔向：姓羊舌，名肸，晉國大夫。韓宣子：名起，晉悼公、平公時為卿。桓公時卒，謚宣子。

❷ 實：財。宣子是晉國正卿，應富而貧，所以說是有名無實。

❸ 二三子：指諸卿大夫。是說財力不夠，無法追隨在諸卿大夫後面來打交道。

❹ 欒武子：即欒書，景公時做晉國上卿。「無」字原脫，今依舊注補。一卒之田：古時一夫授田百畝，據韋昭的注說，上大夫則一卒之田，百人為卒，為田百頃。一頃，百畝。一卒之田，百頃，就是萬畝。

❺ 宮：居室。古時室皆稱宮，秦漢以後才只稱天子所居為宮。其：指卿、上大夫。宗器：祭器。

❻ 憲則：法制規則。

❼ 越：傳播美名。

❽ 戎狄：泛指西北邊境的外族。懷：歸附。

❾ 疚：病，有愧於心。免於難：這裡是說免於弒君之難。指欒書弒厲公，立悼公，國人因被其德，不以為惡，所以他能免於難。

❿ 桓子：欒書的兒子，名黶，悼公時，為公族大夫。

⓫ 無藝：無極，無饜。

⓬略：犯。則：法。行志：為所欲為。略則行志：干犯法紀，任性胡為。
⓭假：借。居：蓄。句謂以公為私，多蓄財賄。
⓮武：欒武子。以沒其身：是說直到他（桓子）身死，終其天年的意思。
⓯懷子：欒黶的兒子，名盈。平公時，為下卿。他因不滿母親的淫行，反而被外祖范宣子（時為晉卿）驅逐出境。奔楚，後來潛回，兵敗被殺。
⓰離：遭受。他本身可以免於難，卻遭到了他父親桓子的應得之罪，受了上輩子的害。
⓱亡：逃奔。欒盈因為陽畢之譖，出奔楚。
⓲郤昭子：就是郤至。郤至在景公時為大夫，富寵一時。
⓳公室：國君的家。其家半三軍：三軍中的將佐，郤家的人佔了半數，晉國的上中下三軍，一向由執政的卿大夫兼領。
⓴泰：奢，放縱。和上文「驕泰奢侈」同義。
㉑尸於朝：在朝廷上陳屍示眾。尸，同「屍」。
㉒其宗滅於絳：是說厲公殺三郤，郤姓的宗族盡滅於絳。絳：晉都，今山西翼城縣東南。
㉓是說郤氏八人之中，五人為大夫（郤文、郤豹、郤芮、郤穀、郤溱），三人為卿（郤錡、郤犨、郤至）。
㉔莫之哀：沒有人為他們感到傷心。
㉕能其德：能行欒武子的德業。
㉖將弔不暇：恐怕哀弔都還來不及呢。
㉗稽首：叩頭到地，至敬之禮。
㉘起：韓宣子的名字。這裡是韓宣子自稱名字。
㉙專承：獨自一人蒙受教誨。

❸⓪ 桓叔：名成師，晉文侯的弟弟，韓氏的始祖，也就是曲沃桓叔。他的兒子名萬，為大夫，食邑於韓，遂稱韓萬。其後以韓為氏。

❸❶ 嘉：善。嘉吾子之賜：感激您的恩賜。表示韓宣子一家，世世代代都受到叔向的恩德。

【語譯】

叔向去見韓宣子。宣子正為貧窮憂慮，叔向祝賀他。

宣子說：「我光有正卿的名義，卻沒有做正卿的人該有的財產，因此不能和那些個卿大夫來往應酬，我正為這個憂愁著，你卻還向我祝賀，是什麼道理呢？」

叔向回答說：「從前欒武子沒有一個上大夫該有的萬畝土地，他的家裡也不能具備上大夫所該用的祭器；可是他卻能夠發揚上大夫的德教善行，遵照上大夫的法制章典，使得聲名遠播到天下各國。諸侯親近他，戎狄歸附他，因此穩定了晉國。行使賞罰，都能無愧於心，因此沒有遭遇到災禍。到了桓子，驕傲放縱，窮奢極侈，貪心嗜欲，沒有節制，干犯法紀，為所欲為，借貸囤積，這個樣子照說應該遇上災禍了；但是他卻仰賴著武子的德蔭，而得以終其天年。到了懷子，一反桓子的行為，繼承武子的德業，照說可以不遭災禍了；然而他卻遇到桓子應該受的罪罰，因此逃亡到楚國去。

「至於郤昭子，他的財富有國君的一半，他的家族勢力抵得上三軍的一半。仗恃著他的富有和尊榮，因而在國內非常驕縱。最後他本人陳屍於朝廷之上，他的家族在絳邑被整個族滅了。要不然，郤氏八個人——有五位大夫、三位卿，他們的尊寵可謂大極了呢！誰知不到一天的工夫，就被殺盡滅絕了，沒有人哀悼他們。原因只是他們沒有德行呀。

「如今您既然有欒武子那樣的窮苦，我以為您就也能有他那樣的德行，所以我才祝賀。假如您不憂慮德行的尚未建立，卻只擔心錢財的不夠用，那我恐怕向您弔唁都來不及，哪裡還能向您祝賀呢？」

宣子向他拜揖，並叩下頭去，說：「我韓起差一點就滅亡了，幸虧您使我活下來。不只我韓起一個人，獨自承受您的恩德；大概從桓叔以下，韓氏家族都要感激您的恩賜。」

析論

這一篇文章選自《國語．晉語》，記錄晉國大夫叔向向晉卿韓宣子賀貧，並勉以進德修業的談話經過。有人標題為〈叔向論憂德不憂貧〉。

叔向是晉國一位博學多聞的大夫。他見韓宣子，自然是有備而來。因為韓宣子「憂貧」，已經不是一天兩天的事，從他的話「無以從二三子，吾是以憂」來看，恐怕是頗有一些時日了。韓宣子正為貧窮煩心，叔向卻向他恭喜，難怪韓宣子會說：「子賀我，何故？」這句話，也正是所有讀者想知道答案的問題。

從「昔欒武子無一卒之田」到「將弔不暇，何賀之有」，是叔向的答話，叔向一向博學多聞，加上又是有備而來，因此說起話來，真是所謂頭頭是道。他所說的話，可以分為三層：第一層舉欒武子家族為例；第二層舉郤昭子家族為例；第三層才歸結到韓宣子身上。

第一層舉欒武子家族為例時，說欒武子貧而有德，因而身免禍難，可見貧之可賀；說欒桓子驕泰奢侈，貪欲無厭，雖然幸免身死，卻貽禍子孫，可見富而無德之可憂；最後說到欒懷子，雖能克己修德，但因上一代的過失，仍然不免身亡族滅的悲慘下場，進一步強調了貧而有德之可賀，富而無德之可憂。

第二層舉郤昭子家族為例時，敘述方式與上者不同。欒氏分為三代來說，郤氏則概括整個家族而言。郤昭子「其富半公室，其家半三軍」，真可謂富寵一時了。尤其是郤氏家族，有五人是大夫，三人為卿，更可說是權傾當代。但是，「唯無德也」，富而無德的結果，「其身尸於朝，其宗滅於絳」。一朝而滅，也沒有人表示同情。這說明了富而無德之可憂，也是反面說明了貧之可賀的道理。

第三層歸結到韓宣子身上。勸韓宣子不必憂貧，而應該「憂德之不建」。

我們看文章，可以體會到文章表面上是說貧富，實際上說的是德行。吳楚材在《古文觀止》裡，評論這篇文章時就說：「不先說所以賀之之意，直舉欒、郤，作一榜樣，以見貧之可賀與不貧之可憂。貧之可賀，全在有德。有德自不憂貧。後竟說出憂貧之可弔來，可見徒貧原不足賀也。言下宣子自應汗流浹背。」看法允當，足供參考。

文章的最後一段，說韓宣子叩頭受教，聲稱他們韓氏家族「自桓叔以下，嘉吾子之賜」。這是呼應叔向舉欒、郤為例時，說的是家族而非個人。而這種謀及子孫的想法，也正是古代一種非常普遍的觀念。

鬬且論子常必亡

國語

鬬且廷見令尹子常❶。子常與之語，問蓄貨聚馬❷。歸以語其弟❸曰：「楚其亡乎！不然，令尹其不免❹乎！吾見令尹，令尹問蓄聚積實❺，如餓豺狼焉；殆必亡者也。夫古者，聚貨不妨民衣食之利，聚馬不害民之財用。國馬足以行軍❻，公馬足以稱賦❼，不是過❽也；公貨足以賓獻❾，家貨足以共用❿，不是過也。夫貨馬郵則闕於民⓫，民多闕則有離叛之心，將何以封⓬矣？

「昔鬬子文三舍令尹⓭，無一日之積⓮，恤民之故也。成王聞子文之朝不及夕⓯也，於是乎每朝設脯一束、糗一筐，以羞子文⓰；至于今令尹秩之⓱。成王每出⓲子文之祿，必逃，王止而後復⓳。人謂子文曰：『人生求富，而子逃之，何也？』對曰：『夫從政者，以庇⓴民也。民多曠㉑也，而我取富焉，是勤民以自封㉒，死無日矣㉓。我逃死，非逃富也。』故莊王之世，滅若敖氏，唯子文之後在㉔，至于今處鄖，為楚良臣。是不先恤民而後己之富乎？

「今子常，先大夫之後㉕也，而相楚君㉖，無令名於四方。民之羸餒，日已甚矣。四境盈壘㉗，道殣相望㉘，盜賊司目㉙，民無所放㉚。是之不恤，而蓄聚不厭，其速㉛怨於民多矣。積貨滋㉜多，蓄怨滋厚，不亡何待？

「夫民心之慍㉝也，若防㉞大川焉，潰而所犯必大㉟矣。子常其能賢於成、靈乎？成不禮於穆，願食熊蹯不獲而死㊱。靈不顧於民，一國棄之如遺迹㊲焉。子常為政，而無禮不顧，甚於成、靈㊳，其獨何力以待㊴之？」

期年㊵，乃有柏舉之戰㊶。子常奔鄭，昭王奔隨㊷。

【注釋】

❶鬬且：楚國大夫。廷見：見於朝廷。子常是楚國令尹子囊的孫子，名囊瓦。

❷貨：珠玉財寶之屬。蓄貨聚馬：儲蓄財物，聚斂良馬。

❸句謂鬬且回家後把這些話告訴他的弟弟。

❹不免：不能免於難，一定會因貪得禍。

❺實：財物。

❻國馬：國家徵收的民馬。足以行軍：足夠用來行軍就好了。

❼公馬：公之戎馬。稱：舉。賦：兵。足以稱賦：足夠用來舉兵也就罷了。

❽不是過：不超過這樣的規定。是：此。

❾賓：饗。獻：貢。句謂公卿的珠玉財貨，足夠饋贈貢獻就好了。

⑩家：指大夫之家。共：同「供」。此句是說：大夫之家所蓄的財貨，足夠供給使用就可以了。

⑪郵：過。闕：同「缺」。貨與馬都是取之於民的，公卿大夫蓄積多了，百姓自然感到不足。

⑫封：控制。一說，封：封國，立國。

⑬鬭子文：即鬭穀於菟，伯比之子。舍：同「捨」。三舍令尹：三次辭去令尹之職。「三」也可以指多次。

⑭積：儲蓄。

⑮成王：楚文王的兒子。朝不及夕：是說吃了早餐，晚飯卻還沒有下落。饔餐不繼的意思。

⑯脯：乾肉。糗：乾糧。羞：進，送。

⑰秩：常。句謂直到今天，還以為常例。後來的楚王也照例預備這麼一份禮物，在朝見的時候送給令尹。

⑱出：超越，有增多之意。

⑲王止而後復：直到成王停止了出祿，然後他才返回朝廷任職。

⑳庇：護。

㉑曠：空、窮乏的意思。

㉒勤：勞。封：厚。勤民以自封：勞苦百姓，來增加自己的財產。

㉓死無日矣：死期不遠了。

㉔莊王：成王之孫。若敖氏：子文的族人。魯宣公四年，即西元前六〇五年，子文的姪兒鬭椒（子越）為亂，莊王滅了若敖氏。這時子文的孫子克黃奉使於齊，由齊還楚，自請拘囚。莊王念子文有大功於楚，說：「倘若殺了克黃，使子文絕了後嗣，就沒法再去勸人為善了。」令他仍舊為箴尹的官。他的子孫，在昭王時居於鄖（今湖北安陸縣），為鄖公。

㉕先大夫：指子囊，恭王時為令尹。後：後代。

㉖ 是說世襲為令尹，當昭王的相國。
㉗ 四境盈壘：國家四方的邊境上佈滿了堡壘。外患頻仍的意思。
㉘ 殣：餓死。道殣相望：是說道路之上，餓死的人很多。
㉙ 司：同「伺」。司目：側目相窺伺。
㉚ 放：依。
㉛ 速：召。
㉜ 滋：益，愈。
㉝ 慍：怒。
㉞ 防：堤防，這裡作「堵塞」解。
㉟ 潰：崩。犯：敗。一旦堤防崩潰了，所破壞的一定很大。
㊱ 楚成王是穆王商臣的父親。成王在位的時候，想要廢了世子商臣，改立商臣之弟職。商臣率兵圍困成王。成王要求能吃一次熊掌以後再死，商臣不答應，成王自殺。商臣立為君，就是楚穆王。
㊲ 迹：腳印。
㊳ 是說他對臣下，比成王還要無禮；他對老百姓，比靈王還不肯照顧。
㊴ 待：禦，對付。
㊵ 期（音「基」）年：周年。
㊶ 柏舉：楚國地名，在今河南、湖北省交界處。一說在今湖北麻城市境。蔡昭侯朝見楚王，帶著一塊佩玉，子常想要它；唐成公來朝，騎一匹驌驦良馬，子常又想要牠。蔡侯、唐公不給，便被子常軟禁在楚國三年。等到他們回去之後，就和吳國一起來伐楚國，戰於柏舉，大敗楚兵。事在魯定公四年。
㊷ 隨：國名，在今湖北隨縣附近。

【語譯】

鬬且在朝廷上見到令尹子常。子常和他說話，請教他聚斂財寶良馬的方法。他回家以後，把這件事告訴他的弟弟，說：「楚國將要滅亡了吧！要不然，令尹子常也將不免於禍吧！我見了令尹，令尹問起積蓄聚斂財寶的方法，樣子就像飢餓的豺狼一般；大概是一定會滅亡的了。在古時候，儲藏財貨不致妨礙人民衣食的追求，蓄聚良馬不致妨礙人民的財用。國君徵收的馬，只求足以運送軍隊，公卿徵收的馬，只求足以發動軍隊，是不會超過這樣要求的；公卿儲藏的財貨，只求足以酬應貢獻，大夫儲藏的財貨，只求足以供給使用，也是不會超過這樣要求的。財貨良馬要是蓄積多了，就會損害到人民的需求，人民多數受到損害，就會有離析反叛的想法，那時候還拿什麼來控制呢？

「以前鬬子文三次辭去令尹的職位，沒有一日的儲蓄，都是為了體恤人民的緣故啊。成王聽說子文吃了早餐就顧不到晚飯的情形，於是每天早上準備一束乾肉、一筐乾糧，來送給子文。一直到現在的令尹，還是沿用這個例子。成王每一次增加子文的薪級，他一定逃走，等到成王停止了，才又回來。有人告訴子文說：『所有世人都追求財富，而您卻逃避它，為什麼呢？』他回答說：『我們從政的人，是來保護人民的。人民多數貧窮，而我卻去追求財富，這樣就是辛苦了人民而自己追求厚利了，死期不會太遠的。所以我逃避的是死亡，不是逃避財富呀。』因此在莊王的時代，雖然滅掉了子文的同族若敖氏，卻只留下子文的後代不殺；一直到現在，都還住在鄖邑，做楚國的賢臣。這不是先體恤人民而把自己的財富擱在後頭嗎？

「如今的子常，是先大夫子囊的後代呀，而且正輔佐著楚昭王，卻沒有好的聲名傳播到四方的諸侯國。人民羸弱飢餓的情形，一天比一天嚴重。四面邊境上佈滿了防敵的堡壘，道路上餓死的人，一個接著一個，盜賊側目窺伺，人民沒有地方可以憑依。這種情形不去憂慮，卻不知足地蓄積聚斂，他將會招惹很多人民的怨恨，積蓄的財寶越多，人民累積的怨恨就越深厚，不滅亡還能等待什麼？

「人民內心的怨怒，就像是防堵大河川，等到堤防崩潰了，那麼所破壞的一定很大。子常能夠比成王、靈王賢明嗎？成王對穆王沒有遵照禮法，結果想吃熊掌都吃不到就死了。靈王對人民不愛護，全國的人都背棄他，就如同踩過的腳印一般。子常治理國事，而不遵禮法、不顧人民，遠超過成王、靈王，他一個人難道有什麼能力來應付人民的怨怒嗎？」

一年以後，果然發生了（蔡、唐、吳三國入侵楚國）柏舉的戰爭，子常奔逃到鄭國，昭王奔逃到隨國。

析論

這一篇文章，選自《國語・楚語》，記敘魯定公三年鬬且見微知著，看到令尹子常過於喜歡蓄貨聚馬，就判斷子常和楚國遲早會有災禍。

通常，我們和一個人談話，從他的問話裡，就可以了解到這個人的性向和興趣。他的話題，往往離不開他的興趣範圍。因此，文章的第一段，寫鬬且見到令尹子常時，看他急著問蓄貨聚馬之道，就知道事情不妙了。因為，蓄貨聚馬固然是人之常情，但總是應該有個限度，文章的第二段中說，子常「問蓄聚積實，如餓豺狼焉」，可見他是貪欲太過了。同時，子常位居卿相，竟然喜歡聚斂貨馬而不知勤政愛民，難怪鬬且要為此憂心忡忡了。

這篇文章除了首尾兩小段之外，其餘的都是記鬬且告訴他弟弟的話。這些話，可以分為四個層次來說明。

第一，鬬且以為「古者，聚貨不妨民衣食之利，聚馬不害民之財用」，卿大夫以上的官員，不該與民爭利，否則，人民易生離叛之心。鬬且看到令尹子常「蓄聚積實，如餓豺狼焉」的情形，他就判斷楚國將有災禍。子常是楚昭王的令尹，假使他問蓄貨聚馬，是為了楚昭王，那麼，「楚其亡乎！」楚國將有覆亡的危險。即使楚國不亡，子常恐怕也不免於罪；假使子常之問，是為了自己，那麼，在鬬且看來，那更不可思議了。

第二，鬬且引鬬子文為例，說子文為令尹，輔佐楚成王時，自奉甚儉，而多恤於民，因此他的後代，能夠受其餘蔭。文中設問，說有人問子文為何逃富，子文回答說：「我逃死，非逃富也。」這是用來反襯上文所說的道理。上面是正面說理，這裡是反面舉例。

第三，說子常是子囊的後代。子囊是楚恭王的弟弟，為令尹，頗知守禮。子常之能為令尹、相楚君，顯然也是受到祖先的德蔭。可是，子常執政以來，非但不恤於民，而且蓄聚不厭，所以鬬且說：子常積貨越多，人民蓄怨越大，「不亡何待？」這呼應了上文「夫貨馬郵則闕於民，民多闕則有離叛之心」那幾句話。

第四，像召公諫厲王一樣，這裡也以防大川來比喻防民之心。同時舉楚成王、靈王為例，來說明君臣無禮，不顧於民，是國之大患。暗示子常假使不守禮法、不恤於民，就會造成談話開頭所說的：「楚其亡乎！不然，令尹其不免乎！」的結果。

四個層次的談話，末句都是疑問句，很能配合「楚其亡乎」、「令尹其不免乎」中「其」字的用法，也可以見原來這只是鬬且的猜測、判斷而已。

不幸的是，鬬且的判斷是正確的。文章的最後一段說：一年之後，也就是魯定公四年那一年，終於為了聚斂財馬，對蔡昭侯、唐成公無禮，被蔡、唐聯合吳國來攻打，在柏舉那地方吃了一次大敗仗，結果，子常奔鄭，昭王奔隨。

這篇文章除了首尾簡要記敘史實之外，主要是記言，記鬬且有先見之明，能夠見微知著。這是《國語》的一大特色，也是古代史家常用的技巧。

諸稽郢行成於吳

國語

吳王夫差起師伐越❶，越王勾踐起師逆之❷。大夫種❸乃獻謀曰：「夫吳之與越，唯天所授❹，王其無庸❺戰。夫申胥、華登簡報吳國之士於甲兵❻，而未嘗有所挫❼也。夫一人善射，百夫決拾❽；勝未可成❾也。夫謀必素見成事❿焉，而後履⓫之，不可以授命⓬。王不如設戎⓭，約辭行成⓮，以喜其民⓯，以廣侈吳王之心⓰。吾以卜之於天⓱，天若棄吳，必許吾成而不吾足⓲也，將必寬然有伯諸侯之心⓳焉，既罷⓴弊其民，而天奪之食㉑，安受其燼㉒，乃無有命矣㉓。」

【注釋】

❶ 夫差：吳太伯的後裔，姬姓，吳王闔閭的兒子。闔閭曾伐越國，在檇李（今浙江嘉興）戰敗，因傷而死。事在魯定公十四年。後三年，夫差伐越；越敗於夫椒，以甲楯五千，退守會稽。事在魯哀公元年。

❷ 勾踐：相傳是禹的後裔，姒姓，越王允常的兒子。允臣和闔閭常相怨。逆：迎，起兵備戰。

❸ 大夫種：越國的大夫，姓文，名種，字子禽，楚國郢人。大夫：官名。或以為姓，非是。

❹ 此二句是說：吳、越二國接壤，互相攻伐，不容易並存，只看上天支持哪一國了。

❺ 庸：用。

❻ 申胥：就是伍員，字子胥，是楚國大夫伍奢的兒子。據韋昭注，伍子胥由楚入吳以後，吳國給他申地，所以也稱做申胥。華登：宋國人，奔吳，為大夫。簡：選。報：服，習。公序本即作「服」。簡服：訓練的意思。申胥和華登二人選拔吳國之士學習甲兵。

❼ 挫：毀折，失敗。

❽ 百夫：百人。決：是用象骨做的東西，帶在右手大指上，用它來鈎弓弦。拾：是用皮革做的射韝，套在左臂上。相當於今天的護袖。此二句是說：有一個人善於射箭，就有一百人拿起決拾這些射箭的用具來，向他學習。在這裡是指申胥、華登善於用兵，吳國的人都效法他們，尚武成風。

❾ 成：必定。句謂是否可以戰勝，沒有把握。

❿ 素：預。句謂凡是謀劃一件事，必須預先就估計它一定能成功。

⓫ 履：實行。

⓬ 授命：拚命。

⓭ 設戎：設兵自守。

⓮ 約：卑。成：平。約辭行成：說些中聽的話，向吳國去求和。

⓯ 喜：討好。是說不抵抗，免得兩國的百姓都要犧牲，這樣可以使吳國人高興。

⓰ 侈：大。是說我們求和，又可以使吳王一天比一天驕傲，終於走向失敗。

⓱ 此句是說：我們正可以藉這一件事占卜一下天意，看看天意是否要滅亡吳國。

⓲ 足：重。以為我們越國是不足畏的了。一說，不會以我們越國一國的求和歸順為滿足。

⓳ 寬然：廣大的樣子。伯：同「霸」。是說吳國一定會更有野心，去爭霸於諸侯了。

⑳ 罷：同「疲」。

㉑ 之：指吳國。天奪之食：天若棄吳，必有魚蟹稻穀之類的天災，使吳國歉收。

㉒ 安：慢慢地。燼：火的餘灰。是說夫差好比是用火自焚，我們正好安安穩穩等著去收拾他的餘燼。

㉓ 乃無有命矣：這樣吳國就不再有天命，非亡國不可了。

【語譯】

吳王夫差發動軍隊攻打越國，越王勾踐發動軍隊抗拒他們。

越國大夫文種於是獻上計策說：「吳國和越國的勝敗存亡，就是看天意怎樣安排，大王應該用不著打仗的。申胥、華登這兩個人，選拔吳國的士兵，訓練他們甲兵作戰之道，從來沒有失敗過。像他們那樣，一個人擅長射箭，一百個人就拿起決拾等射箭的器具來，跟他學習；這樣的軍隊，我們要勝他，是沒有一定把握的。籌劃計策，一定要預先知道能夠成功，然後才去實行它，不可以存著賭命的想法。所以大王不如固兵自守，卑辭去求和，來討好吳國的人民，來擴大吳王夫差驕傲自大的心理。我們藉此來觀測天意如何對待吳國。天意若要滅掉吳國，一定會讓吳國答應我們的求和，而不把我們當一回事，一定會更擴大地有稱霸諸侯的野心。等到他們的人民已經疲頓了，而大降災禍，使他們的糧食不足，那時候，我們就可以安心地去收拾他們的餘灰。這樣的話，吳國就沒有命了。」

越王許諾，乃命諸稽郢❶行成於吳，曰：「寡君勾踐，使下臣郢不敢顯然布幣行禮❷，敢私告於下執事❸曰：昔者越國見禍❹，得罪於天王❺，天王親趨玉趾，以心孤勾踐❻；而又宥赦之❼。君王之於越也，繄起死人而肉白骨❽也。孤不敢忘天災，其敢忘君王之大賜乎？今勾踐申禍無良❾，草鄙之人❿，敢忘天王之大德，而思邊垂之小怨⓫，以重得罪於下執事⓬？勾踐用帥二三之老⓭，親委重罪⓮，頓顙於邊⓯。今君王不察⓰，盛怒屬⓱兵，將殘伐越國。越國固貢獻之邑⓲也，君王不以鞭箠使之⓳，而辱軍士使寇令⓴焉。

「勾踐請盟。一介嫡女㉑，執箕箒以晐姓於王宮㉒；一介嫡男，奉槃匜以隨諸御㉓；春秋貢獻，不解於王府㉔。天王豈辱裁之㉕，亦征諸侯之禮㉖也。

「夫諺曰：狐埋之而狐搰之㉗。是以無成功。今天王既封植㉘越國，以明㉙聞於天下；而又刈㉚亡之，是天王之無成勞㉛也。雖四方之諸侯，則何實以事吳㉜？敢使下臣盡辭，唯天王秉利度義㉝焉。」

【注釋】

❶ 諸稽郢：越國大夫。諸稽原為國名，後以為氏，實則彭姓。《史記．越世家》作「柘稽」。

❷ 顯：明白。布：陳列。幣：玉帛之屬。是說我們越國太渺小了，不敢公然地來您們吳國陳布禮物，舉行儀式，分庭抗禮。

❸ 私：私下。下執事：在下面辦事的人，古人自謙之詞。不敢稱說吳王，只說吳王手下的執事大夫，以表謙遜。

❹ 見：被。見禍：遭受了天禍。

❺ 天王：對吳王的尊稱。

❻ 玉趾：玉步。玉是敬語。孤：棄。是說吳王闔閭親自率師伐越，心棄勾踐，不准他求和歸順。

❼ 又宥赦之：指闔閭兵敗而退。不敢這樣明說，只說是又饒恕了我們，引兵回吳了。

❽ 繄：是。起死人：使死了的人復活。肉白骨：使白骨又有了血肉，也是起死回生的意思。這一句表示吳王對越國簡直是恩同再造。

❾ 申：重。良：善。此句是說：現在勾踐又重罪不善。

❿ 草：野。鄙：遠。越國自謙之辭。

⓫ 邊垂：邊陲，邊遠的地方。吳伐楚，蹂躪了越國的邊疆，說這只是小怨，我們豈敢想這些小事？

⓬ 重：又。是說我們豈能受恩不報，再來得罪您呢？

⓭ 用：因。帥：率領。二三：若干。老：家臣。此句是說：勾踐因此才率領著幾個家臣。

⓮ 委：歸，有負、任的意思。句謂親自認罪。

⓯ 顙：前額。邊：邊境。頓顙於邊：在邊境上叩頭。

⓰ 是說吳王不了解我們原是在邊境請罪，誤以為我們要對抗了。

⓱ 屬：會，集。
⓲ 貢獻之邑：稱臣納貢的城邑。
⓳ 箠：杖刑。不以鞭箠使之：不用鞭杖來教訓我們。
⓴ 辱：辱沒、勞動的意思。寇令：禦寇的號令。是說竟勞你們吳國的軍士用禦寇的號令來征伐我們，言外之意是說這些備戰的舉措全無必要。
㉑ 一介：一個。嫡女：元配所生的女兒。
㉒ 執箕箒：拿著畚箕、掃帚，做灑掃的工作。晐：備。〈曲禮〉：「納女於天子曰備百姓。」備姓，也就是等著生子嗣的意思。
㉓ 奉：同「捧」。槃：托盤。匜：洗臉盆。槃、匜都是沃盥之器。御：近臣宦豎之屬。以嫡生子女來執箕箒、奉槃匜，表示男臣女妾。
㉔ 解：通「懈」。王府：君王的府庫。
㉕ 豈：其，表示期望的語氣。裁：做決定。
㉖ 征：伐。天子征伐諸侯，興師問罪，諸侯是應該這樣男臣女妾以上奉天子的。越以諸侯自比，以天子比夫差，正是卑辭求成。一說，征：稅，徵稅。此句是說：此亦征討諸侯之禮。
㉗ 埋：藏。搰：掘。狐性多疑，把東西埋藏起來，不久又怕不穩妥，掘出它來。比喻人的多疑。
㉘ 植：栽培。
㉙ 明：睿聖明智。
㉚ 刈：芟割。
㉛ 成勞：成功。
㉜ 雖：則。則：其。實：語助詞。事：臣事。此二句是說：諸侯各國想臣事吳國，拿什麼做榜樣呢？
㉝ 秉：執。義：宜。掌握有利的，度量合宜的。

【語譯】

越王勾踐答應了，於是派諸稽郢到吳國去求和，說：「鄙國國君勾踐，派下臣郢來此，不敢公開地陳列玉帛禮品，舉行儀式，只敢私下告訴在您下面辦事的人說：以前越國遭到天譴，得罪了天王。天王親自勞動玉步，帶兵伐越，心裡痛恨我勾踐，可是後來卻又寬恕了越國。君王之對於越國呀，真是所謂『起死人而肉白骨』了。寡君不敢忘記天降的災禍，又哪裡敢忘記君王的大恩德呢？現在勾踐又重犯過失，實在不好，我們是草野鄙陋的人，豈敢忘記天王的大恩德，而去想邊陲受到侵犯的小怨隙，因而又再次得罪了您下面辦事的人？勾踐因此率領了幾個家臣，親自承當重大的過失，在邊境上叩頭請罪。現在君王不了解實情，誤會我們有意對抗，大怒之下，集合軍隊，準備殘殺攻打越國。越國本來就是向吳國稱臣納貢的城邑，君王不用鞭杖來教訓我們，竟然勞動了吳國的士兵，用了禦寇的命令，攻打到這裡來。

「勾踐請求講和結盟。一個親生女兒，拿著畚箕和掃帚來為您灑掃王宮，備生子嗣；一個親生兒子，捧著托盤和臉盆來追隨在您的諸位近侍身邊；至於春秋貢獻的物品，我們也不敢懈怠，會按時送到君王的府庫。（答不答應我們求和）希望天王自己做個決定吧，這也是征討諸侯的儀節呢。

「諺語說：狐狸埋了它，又是狐狸挖了它。（因為多疑）所以不能成功。如今，天王已經培植了我們越國，以睿智聞名於天下諸侯，卻又想芟除消滅越國，這是天王不能成大功的原因呀！如此，則四方的諸侯各國，將何以臣事於吳國？哪裡敢說是派下臣來盡所欲言，只是希望天王把握有利的時機，審度合宜的事理而已。」

析論

這一篇選自《國語．吳語》，記敘吳王夫差攻打越國，越王勾踐派大夫諸稽郢到吳國求和的經過情形。通篇以記言為主。

第一段只有兩句話，交代吳、越又發生了戰爭。吳、越是春秋時代後半期在我國東南沿海地區新興的兩個強國。吳國在今江蘇一帶，越國在今浙江一帶。因為土壤相接，利害衝突，兩國之間，常常互相征伐。從吳王闔閭和越王允常開始，就已經時相怨伐，各有勝負。越王允常死後，兒子勾踐繼位，在西元前四九六年，曾和吳王闔閭戰於檇李（今浙江嘉興），闔閭戰敗，受傷而死。死前，遺命其子夫差復仇。

魯哀公元年（西元前四九四年），吳王夫差舉兵伐越，在夫椒（今江蘇吳縣西）打了一次大勝仗。越王只剩甲楯五千，因此越王勾踐遣使求和。本篇所記敘的，就是夫椒之戰以後，越王派人求和的經過情形。不過，據馬驌、陳慶年等人的考證，本篇所記，已是越王的第二次求和了。

第二段記述大夫文種進諫，主張對吳國宜和不宜戰。第一段只說吳、越交戰，不說勝負，事實上，從本段文字看來，吳勝越敗的情況，不言而喻。謀臣策士一向善於辭令，我們看本篇文種、諸稽郢的說話，就可以明白。文種說吳國申胥（伍子胥）、華登二人，善於甲兵，不易對抗，所以勸勾踐「王其無庸戰」。他主張以柔克剛，派人赴吳，卑辭求和，一方面來鬆懈吳國的民心士氣，一方面來擴張吳王夫差的傲氣和野心，然後等待時機，制敵報仇。文種的這段話，說得很漂亮，一點也沒談到越國戰敗的事。即使說到吳國的申胥、華登善於用兵，也只是說：「勝未可成也」，意思是說，我們要贏他們，不一定能做到。一點也沒正面說我們打不過他們。這樣的說辭，當然不會讓勾踐難堪，當然容易被採納。

第三段以下，都是寫諸稽郢受命赴吳求和的遊說之辭。諸稽郢的口才，便捷流利，對吳王夫差不但能示之以禮、動之以情，而且能誘之以利、尊之以名。開口「寡君」、「下臣」，閉口「天王」、「君王」，真是巧言卑辭，容易討人歡喜。他一方面代表越王勾踐，請求稱臣歸屬，一方面又暗示吳王夫差允許越國求和，可以使諸侯歸心，否則，「雖四方之諸侯，則何實以事吳」。最後他說：「唯天王秉利度義焉」，利和義這兩者，在他的話裡，都已經替吳王夫差設想到了，難怪吳王夫差後來答應了越國的請和。

在諸稽郢的說辭裡，「天王」一詞，歷來有不同的解釋。有人以為「天王」指闔閭，所以把「昔者越國見禍，得罪於天王」等句，解釋為指檇李之戰、闔閭受傷的事。有人則以為文中「天王」、「君王」間出，「天王」非必是極其尊貴之稱，因而把天王解為大王，認為與君王皆指夫差一人，而且說「得罪於天王」指的是夫椒之戰。這種說法，頗為可取。雖然本文採取了第一種說法，但是對於第二種說法，仍然覺得很有參考的價值。

清代崔述在《洙泗考信錄．餘錄》中，曾經談論到《國語》的文章，說：「吳越多恣放」，我們從這篇文章裡，正好看到了《國語》恣放的特點。

勾踐雪恥復國

國語

越王勾踐棲於會稽之上❶，乃號令於三軍，曰：「凡我父兄、昆弟、及國子姓❷，有能助寡人謀而退吳者，吾與之共知越國之政❸。」大夫種❹進對曰：「臣聞之，賈人❺夏則資❻皮，冬則資絺❼，旱則資舟，水則資車，以待乏也。夫雖無四方之憂，然謀臣與爪牙之士❽，不可不養而擇也。譬如蓑笠❾，時雨既至，必求之。今君王既棲於會稽之上，然後乃求謀臣，無乃後❿乎？」勾踐曰：「苟得聞子大夫之言，何後之有？」執其手而與之謀。

【注釋】

❶越：相傳始祖是夏禹的後代，少康的庶子。這個國家在西元前五三七年隨同楚軍伐吳。自從滅吳以後，即向北發展，拓地到今山東省，與魯國為界，並曾稱霸諸侯。後至戰國時期，為楚國所滅。棲：山居。會稽：山名，今浙江紹興縣東南。《左傳．哀公元年》說：吳王夫差敗越於夫椒（今江蘇吳縣西太湖中）。越被吳兵追擊到會稽山上，只剩了五千武士，外面有吳兵包圍，情勢相當危急。

❷國子姓：猶言「子民」，即指全國黎民百姓。一說，國子姓：國中的同姓。

❸ 知：主持。知越國之政：為卿相之意。

❹ 種：即文種。參閱上篇。

❺ 賈（音「古」）人：商人。古人稱坐商為賈，行商為商。

❻ 資：取，收買。

❼ 絺（音「痴」）：細葛布。

❽ 爪牙之士：指武士。

❾ 蓑（音「梭」）：草製的雨衣。笠：竹製的雨帽。

❿ 後：晚，來不及了。

【語譯】

越王勾踐被圍困在會稽山上，對他的軍隊發號施令說：「凡是我的叔兄、昆弟，和全國的同胞們，如果有誰能幫助我設法而使吳兵退走的，我就和他一同掌管越國的國政。」大夫文種上前說道：「臣下聽說：商人夏天要收買皮貨，冬季要收買葛布，旱時要收買船隻，澇時要收買車輛，這是為了等到缺乏的時候可以賣一個好價錢。（至於說到一個做國君的）即使沒有四方的外患，可是謀臣和武將卻不能不常常培養而且提拔出來。這好比雨衣雨帽一樣，雨季已經到了以後，就必定需要它。如今君王已經被圍困在會稽山上了，然後才說要訪求謀臣，不是太遲了嗎？」勾踐說：「只要能夠聽到您大夫的計畫，哪裡會太遲呢？」便拉著文種的手，而同他商量解圍的辦法。

遂使之行成於吳❶。曰：「寡君勾踐乏無所使❷，使其下臣種，不敢徹❸聲聞於天王，私於下執事❹，曰：『寡君之師徒，不足以辱君❺矣，願以金玉子女，賂君之辱❻。請勾踐女女於王，大夫女女於大夫，士女女於士，越國之寶器畢從❼；寡君帥越國之眾以從君之師徒，惟君左右之❽！若以越國之罪為不可赦也，將焚宗廟，係妻孥❾，沉金玉於江；有帶甲五千人，將以致死，乃必有偶❿，是以帶甲萬人事君也⓫，無乃即傷君王之所愛乎？與其殺是人也，寧其得此國也，其孰利乎？』」

【注釋】

❶ 行成於吳：向吳國求和。

❷ 乏無所使：沒有可以當使臣的人；謙辭。乏，一作「之」。

❸ 徹：達。

❹ 私：私語。下執事：下面管事的人，意即自己不配當使臣，不敢直接對王說話，私自對王下面管事的人說，請他轉告於王。

❺ 不足以辱君：不值得你親自來討伐。

❻ 賂君之辱：賠償你這次討伐的軍費。

❼ 前三句中的第二個「女」字，均作動詞用，即「作婢妾」的意思。畢從：全部跟隨著奉上。

❽ 惟君左右之：任君安排指揮他們。

❾ 係：同「繫」。孥（音「奴」）：子。

❿ 偶：對，雙數。乃必有偶：意指將士準備犧牲性命，必定一人可抵兩人。一說，乃必有偶：是說五千人拚命，起碼也要殺死對方五千人。

⓫ 帶甲萬人：五千人能致死力戰，則一人等於兩人，故說「帶甲萬人」。事君：指對君從事戰鬥。一說，若准越國投降，五千人聽從吳國差遣，也免得吳國犧牲五千人，加在一起，等於有帶甲的士兵一萬人可以臣事君王了。

【語譯】

越王於是派了文種向吳國求和。說：「敝國國君勾踐，因為沒有可派的使臣，只好派他的下臣文種前來。我不敢直接向大王報告，只好私下跟您下面管事的人說：『敝國國君的將士，已經不值得大王親自討伐了，現在願意獻上金銀寶玉和子女，來賠償您這次親征敝國的軍費。請讓勾踐的女兒來侍奉大王，讓越國大夫的女兒來侍奉吳國的大夫，讓越國士人的女兒來侍奉吳國的士人，越國的寶器全部跟著這些女孩子一道送上；敝國國君則率領著越國的群眾，來跟從大王的軍隊，一切聽從大王的吩咐！如果以為越國的罪，是不可赦免的，那麼，我們就準備把自己祖宗的廟宇焚毀，把妻子兒女綑縛起來，把金銀寶玉沉到大江裡；我們雖然只剩下帶盔甲的武士五千人，但是因為準備犧牲生命，必定一人可抵兩人，因此就成了有武士一萬人跟大王周旋了，這樣不是就傷害到大王所愛護的人了嗎？大王準備殺了這些人呢，或者不殺這些人而能得到這整個越國呢，究竟哪一種對您有利呢？』」

夫差將欲聽❶，與之成❷。子胥❸諫曰：「不可。夫吳之與越也，仇讎敵戰之國也；三江❹環之，民無所移。有吳則無越，有越則無吳矣，將不可改於是❺矣。員聞之：陸人居陸，水人居水。夫上黨之國❻，我攻而勝之，吾不能居其地，不能乘其車❼。夫越國，吾攻而勝之，吾能居其地，吾能乘其舟。此其利也，不可失也已。君必滅之！失此利也，雖悔之，必無及已。」

【注釋】

❶ 夫差：吳王，闔閭之子。參見上篇。
❷ 成：和。與之成：和越國講和。
❸ 子胥：即伍子胥。參閱上篇。
❹ 三江：大江、松江、浙江。一說，指吳江、錢塘江、浦陽江。三條江水環抱著吳、越兩國。

❺ 是：這個。指有吳無越，有越無吳。

❻ 上黨之國：上黨，趙地，這裡借用以統指中原的諸侯各國。一說，黨作「所」解；上黨之國：處在北方的國家。

❼ 吳地濱海沿江，習水戰而不嫻陸戰，所以說「不能乘其車」。

【語譯】

吳王夫差準備聽從文種的話，同意越國求和。大夫伍子胥卻進諫說：「不能答應。要知道吳和越的關係，是互相匹敵、互相爭伐的兩個國家啊；三條大江環繞這兩個國家，老百姓沒有地方可以遷移。因此，有吳國就沒有越國，有越國就沒有吳國了。這種情形是絕不可能更改的了。我伍員聽說：陸上的人習慣住在陸上，水上的人習慣住在水上。那些北方中原地帶的國家，都是陸地，就算我們攻打而勝了他們，我們不能住在他們的地方，也不能乘坐他們的車輛。至於越國，假使我們攻打而勝了他們，我們能住他們的地方，我們能乘坐他們的船隻。這次正是很好的機會，是不可失掉的。大王必須滅掉它！如果失掉這次好機會，將來即使後悔，也一定來不及了。」

越人飾美女八人納之太宰嚭❶，曰：「子苟赦越國之罪，又有美於此者將進之。」太宰嚭諫曰：「嚭聞古之伐國者，服之而已；今已服矣，又何求焉？」夫差與之成而去之。

【注釋】

❶ 太宰嚭（音「痞」）：吳國正卿。他本是楚國人，因其父伯川黎為楚靈王所殺，所以逃奔吳國。

【語譯】

越國人打扮了八個美貌女子，把她們送給了吳國的太宰嚭，說：「您如果肯赦免越國的罪，還有比這些更漂亮的美女會送上來。」於是太宰嚭勸諫吳王說：「我聽說古代去征伐別人國家的人，也只是使對方投降就算了！如今越國已經投降了，我們還要求什麼呢？」吳王夫差於是同意了越國的求和，帶兵離開了。

勾踐說❶於國人曰：「寡人不知其力之不足也，而又與大國執讎❷，以暴露百姓之骨於中原，此則寡人之罪也。寡人請更❸！」於是葬死者，問傷者，養生者；弔有憂，賀有喜❹；送往者，迎來者；去民之所惡❺，補民之不足。

然後卑事夫差，宦士三百人於吳❻，其身親為夫差前馬❼。

【注釋】

❶說：告。

❷大國：指吳國。執：結。執讎：結仇。

❸請更：願意改正錯誤。

❹有憂：指有喪事者。有喜：指有吉慶事者。

❺惡（音「物」）：憎惡。

❻宦士：即侍者。此句是說：送三百人到吳國作宦人。

❼前馬：在馬前作前驅，像奴僕一般。一說，應作「洗馬」。

【語譯】

勾踐向國人宣告說：「我不知道自己的才力不夠，卻又偏要跟大國結下怨仇，因而使得同胞們犧牲生命，屍體暴露在沙場上！這實在是我的罪過呀。我願意悔改！」於是他就埋葬殉難的人，慰問受傷的人，善待活著的人；弔唁家有喪事的人，祝賀家有喜事的人；送別出門的人，歡迎遠來的人；革除百姓所憎惡的事情，補足百姓所缺乏的東西。然後卑躬屈節地侍奉吳王夫差，送去三百個士人到吳國充當侍者，他本人也親自做夫差的「馬前卒」。

勾踐之地，南至於句無❶，北至於禦兒❷，東至於鄞❸，西至於姑蔑❹，廣運❺百里。乃致其父母昆弟而誓之，曰：「寡人聞古之賢君，四方之民歸之，若水之歸下也。今寡人不能，將帥二三子夫婦以蕃❻。」令壯者無取老婦，令老者無取壯妻；女子十七不嫁，其父母有罪；丈夫二十不娶，其父母有罪。將免❼者以告，公醫守之❽。生丈夫，二壺酒，一犬；生女子，二壺酒，一豚；生三人，公與之母❾；生二子，公與之餼。當室❿者死，三年釋其政⓫；支子⓬死，三月釋其政；必哭泣葬埋之如其子。令孤子寡婦、疾疹⓭貧病者，納宦其子⓮。其達士⓯，絜⓰其居，美其服，飽其食，而摩厲之於義⓱。四方之士來者，必廟禮之⓲。勾踐載稻與脂⓳於舟以行。國之孺子⓴之遊者，無不餔也、無不歠也㉑，必問其名。非其身之所種則不食，非其夫人之所織則不衣。十年不收於國，民俱有三年之食。

【注釋】

❶句（音「勾」）無：地名，在今浙江諸暨縣南。一說，山名。

❷禦兒：地名，越國北邊邊境，今浙江崇德縣東南。禦兒，一作「語兒」。
❸鄞：故城在今浙江奉化縣東。
❹姑蔑：今浙江龍游縣北。
❺運：即「輪」。古代東西叫做廣，南北叫做輪。
❻蕃：息，繁殖。
❼免：通「娩」，女人生產。
❽公毉：公家所用的醫生。毉：同「醫」。古代巫醫不分。此句一本作「公令醫守之」。
❾母：乳母。公與之母：是說公家負責哺育。
❿當室：長子。
⓫釋其政：免除他的差役。
⓬支子：庶子，次子以下的兒子。
⓭疹：本作「疢」，同「疢」，疾病。
⓮納宦其子：編列廩食官俸給他的子弟。
⓯達士：通達之士，有特長的人。
⓰絜：同「潔」。
⓱摩厲之於義：磨練砥礪他們崇尚正義。
⓲廟禮之：禮之於廟，以告先君，表示尊重。
⓳脂：油，泛指甘美的食物。
⓴孺子：少年。
㉑餔（音「部」）：吃。歠（音「啜」）：飲。

【語譯】

勾踐所管轄的地區，南到句無，北到禦兒，東到鄞地，西到姑蔑，縱橫面積只有一百方里。於是勾踐致意他們的父母兄弟而立誓約說：「我聽說古代賢德的君王，四方的人民都來歸附他，就好像水向低處流一般。如今我不能擁有眾多人民，所以準備帶領你們幾對夫婦，一起來增產報國。」通令全國：壯年人不可娶年老的婦人；老年人不可娶年輕的太太；女子到十七歲不嫁丈夫，她的父母就有罪；男子到二十歲不娶老婆，他的父母就有罪。產婦要分娩的時候要預先報告，公家派醫生去給她接生。生了男孩子，賞賜兩壺酒、一隻狗；生了女孩子，賞賜兩壺酒、一隻小豬；生三個孩子，由公家配給他們乳母；生兩個孩子，由公家供給他們糧食。當家的長子死了，三年免除他們家的公差；庶子死了，三個月免除他們家的公差，而且勾踐一定哭泣葬埋他們，如同自己的兒女。又下命令：凡是孤兒、寡婦、有疾病災難以及貧窮無依的人，都可以把他們的兒女送到政府裡來養育。至於那些國內知名的人才，都賜給他們整潔的住宅、漂亮的衣服、豐富的食物，而且和他們共同切磋研究，崇尚道義。凡是四方的人才來到越國的，必定都在廟堂上招待他們。勾踐出外時，還把稻米和油脂等載在船上，供應各地。國都內的遊學少年，沒有不給吃的，沒有不給喝的，而且一定詢問他們的名字。要不是他自己種的東西，他就不吃；要不是他太太自己縫的衣服，他就不穿。十年之間，沒有向百姓徵過稅，百姓都存有足夠三年用的食糧。

國之父兄請曰：「昔者，夫差恥吾君於諸侯之國❶；今越國亦節❷矣，請報之！」勾踐辭曰：「昔者之戰也，非二三子之罪也，寡人之罪也。如寡人者，安與知恥？請姑無庸戰❸！」父兄又請曰：「越四封❹之內，親吾君也，猶父母也。子而思報父母之仇，臣而思報君之讎，其有敢不盡力者乎？請復戰。」

【注釋】

❶ 恥吾君於諸侯之國：是說不把吾君當做諸侯之國看待；即輕視之意。越國在當時處蠻荒之地，開化最晚。
❷ 節：知道禮節。一說，節：節度，規模。
❸ 姑無庸戰：暫時不用發動戰爭。
❹ 封：疆界。四封：四境。

【語譯】

國內的父老們向他請求說：「從前，夫差輕視大王，說我們的國家不配是一個諸侯之國；如今我們越國也上軌道了，希望報復他！」勾錢辭謝說：「從前作戰的時候，並不是你們幾位的過失，全是我的過失呀。像我這樣的人，怎麼能夠知恥報仇呢？請你們暫時不要發動戰爭！」父老們又請求說：「越國四境之內，都親近我們的大王，就像自己的父母。做兒子的想給父母報仇，做臣子的想給君王報仇，還有敢不盡力的嗎？請求再跟吳國開戰！」

勾踐既許之，乃致其眾而誓之，曰：「寡人聞古之賢君，不患其眾之不足也，而患其志行之少恥❶也。今夫差衣水犀之甲者❷，億有三千❸，不患其志行之少恥也，而患其眾之不足也。今寡人將助天威之❹。吾不欲匹夫之勇❺也，欲其旅進旅退❻。進則思賞，退則思刑；如此，則有常賞。進不用命❼，退則無恥；如此，則有常刑。」果行，國人皆勸❽，父勉其子，兄勉其弟，婦勉其夫，曰：「孰是吾君也，而可無死乎❾？」是故敗吳於囿❿，又敗之於沒⓫，又郊敗之⓬。

【注釋】

❶少恥：缺乏恥辱的觀念。
❷衣：穿。水犀：鼻端有角，比象略小的一種動物，皮皺裂，堅厚可製甲。
❸有：又。億有三千：極言其多。
❹助天威之：幫助上天去鎮壓吳王夫差。
❺匹夫之勇：表現個人的小勇。
❻旅：俱，同。旅進旅退：同進同退，有紀律的行動。
❼不用命：不聽命令。
❽勸：互相勉勵的意思。
❾此二句是說：看看誰是我們的君王呀，怎麼可以不為他犧牲呢？
❿囿：即笠澤。一說，太湖或松江。越國敗吳於笠澤，事在魯哀公十七年三月。
⓫沒：地名，不詳何在。事在魯哀公十九年。
⓬郊敗之：指魯哀公二十年十一月越軍圍攻吳都一事。

【語譯】

勾踐已經答應了以後，便通令他的人民，而宣誓說：「我聽說古代的賢君，不擔心他的百姓人數不夠，卻擔心他們缺乏差恥之心。如今夫差的軍隊，穿有水犀裝備的，有一億三千人，他不擔心軍隊的缺乏羞恥之心，卻只擔心他的部下人數不夠。現在我就要輔助上天來討伐他。我不希望大家表現個人色彩的血氣之勇，我希望大家同進同退。前進的時候，就想到獎賞，後退的時候，就想到刑罰；這樣的話，就有一定的賞賜。如果前進的時候，不聽從命令，後退的時候，沒有羞恥之心；這樣的話，就有一定的處罰。」於是大軍真的出發，國人都互相勸勉，做父親的勉勵他的兒子，當哥哥的勉勵他的弟弟，做妻子的勉勵她的丈夫，都說：「看看誰是我們的國君呀，怎麼可以不拚死作戰呢？」因此就在囿這個地方把吳國打敗了，接著又在沒這個地方打敗了他們，以後又在吳國城郊打敗吳軍。

夫差行成，曰：「寡人之師徒不足以辱君矣，請以金玉子女，賂君之辱！」勾踐對曰：「昔天以越予吳，而吳不受命；今天以吳予越，越可以無聽天之命而聽君之令乎？吾請達王甬句東❶，吾與君為二君❷乎？」夫差對曰：「寡人禮先壹飯❸矣。君若不忘周室而為弊邑宸宇❹，亦寡人之願也。君若曰：『吾將殘汝社稷，滅汝宗廟。』寡人請死！余何面目以視於天下乎？越君其次❺也！」遂滅吳❻。

【注釋】

❶ 達：移到。甬句東：即今浙江定海縣東北海中的舟山島。

❷吾與君為二君：我和你是兩國的國君。
❸禮先壹飯：據三國韋昭原注，說吳王夫差比越王勾踐年長。此句是說：按長幼順序，我比你多吃一兩天飯。一說，以前曾經有恩於越，指會稽行成之事。
❹宸：屋霤。宇：邊。宸宇：屋簷。此句是說：給敝國屋簷下一塊可以遮蔽的地方，意即給吳國留下一線生機。
❺次：軍隊駐紮。古代行軍，一宿稱舍，再宿稱信，過信稱次。
❻《左傳．哀公二十二年》：「冬十一月丁卯，越滅吳。請使吳王居甬東，辭曰：『孤老矣，焉能事君！』乃縊。越人以歸。」

【語譯】

吳王夫差求和，說：「我的軍隊已經不敢勞動您的大駕親來討伐了，我願意拿金玉子女來賠償您的損失！」勾踐回答說：「從前上天把越國交給吳國，但吳國卻不接受天命；如今上天把吳國交給越國了，越國怎麼能不聽上天的命令，反而聽您的命令呢？我希望遷您到甬句東那海島裡去，這樣我和您還是兩國的國君吧？」夫差回答說：「我年紀比您大，但也只是多吃了一點飯罷了，您如果沒有忘記周朝宗室，在屋簷下，肯給我們破碎的國家一塊可以遮蔽的地方，這也就是我的願望了。您如果說：『我要滅亡你的國家，毀壞你的宗廟。』那麼，我願意就死！我還有什麼面目見天下人呢？越君就請進駐吧！」勾踐於是滅了吳國。

析論

這篇文章選自《國語．越語》，記敘越王勾踐雪恥復國的經過，是《國語》的名篇之一。全文共九段。前四段為第一大段，記越王敗後謀和的經過。

第一段寫吳王夫差攻伐越國，大敗越軍，越王勾踐被吳國軍隊圍困在會稽山上，與大夫文種謀求退兵之道。文種的諫言說得耿直，勾踐的回答則說得謙卑。從文氣看來，在會稽被困之前，勾踐恐怕也是親小人而遠君子的，否則文種不會說這樣的話：「今君王既棲於會稽之上，然後乃求謀臣，無乃後乎？」

第二段記越王勾踐派文種去向吳國求和。文種的說辭，全從利害關係著眼。大凡策士在遊說別人時，往往站在對方的立場分析利害，因此容易使對方動心。文種站在吳王夫差的立場，從利言之，假使答應越國的請和，就可以獲得越國的金玉子女，指揮越國的軍隊；從害言之，假使不答應越國的請和，越國將「係妻孥」、「沉金玉」，五千帶甲之士也將拚死抗拒，對吳國來說，絕對有害而無益。

第三段寫吳王夫差為文種的說辭所動，準備與越講和，但是吳國伍子胥卻力諫不可。伍子胥以為吳、越兩國不能並存，現在是消滅越國的有利時機，不能錯過，否則悔之不及。

第四段寫越王勾踐雙管齊下，不僅對吳王夫差進行心理作戰，而且還派人送美女給吳國太宰嚭。太宰嚭好色，越國此舉，正好投其所好。所以太宰嚭在吳王夫差面前，為越國求情。對吳王來說，答應越王的請求，馬上就可以得到越國的金玉子女，而在他的身邊，伍子胥和太宰嚭又有不同的意見，所以衡量之下，他自己下了決定：答應越國的求和。因為那時候，他野心很大，已經準備去攻打齊國，逐鹿中原，區區一個越國，根本不在他的眼裡。這從下文和〈吳語〉中的記載，是可以看出來的。

以上四段，為第一大段。根據這裡的記載，為越王赴吳求和的是文種，這和上篇〈吳語〉所記敘的〈諸稽郢行成於吳〉，略有出入。對這個問題，筆者有兩點淺見：第一、越王勾踐被困會稽山時，急於求和，不止派出一人，也不止求和一次，像本篇說的「越人飾美女八人納之太宰嚭」的「越人」，恐怕就不一定是文種。第二、根據資料，文種是楚國郢人，而當時勾踐被困會稽山，他從會稽受命赴吳請和，會不會因為如此，〈吳語〉中才又稱他為「諸稽郢」？當然這有個前提，必須會稽和諸稽是一個地方。

前四段寫越王在兵敗時的沉著，第五段以下，則寫越王在兵敗後，如何生聚教訓，雪恥復國。

第五段寫越王勾踐向國人痛自悔過，一方面葬問弔賀，送往迎來，盡量親近人民；一方面卑事夫差，甚至曾為夫差牽馬執役。前者是對國人，引起第六段；後者是對夫差，引起第七段。

第六段記越王勾踐在當時幅員百里的情況之下，如何生聚教訓。第一，他鼓勵國人多事生育，以增加人口、增強兵力。第二，他憐恤孤寡疾病而尊崇達士、照顧遊子。第三，他勤儉愛民，十年不徵稅，使人民衣食無虞。這是雪恥復國前的有形準備。

第七段記越國父老臣民自己請求為勾踐向吳王夫差復仇雪恥。勾踐的辭謝，父老臣民的再度請求，都是用來說明越王勾踐十年生聚、明恥教戰的成功。事實上，越王勾踐比誰都急於向夫差報仇呢！士氣可用，殺敵可期，這是雪恥復國前的心理準備。

第八段寫越王勾踐答應伐吳雪恥。他要求軍隊遵守紀律，同進退、共生死，不可逞匹夫之勇。這是一層。越國人在勾踐的十年生聚、十年教訓之後，果然能互相勉勵、奮身殺敵，這又是一層。因為如此，越國連續三次打了勝仗，軍隊直逼吳國的都城郊外。

第九段寫吳王夫差求和不成，終為勾踐所滅。夫差想法天真，以為可以照越國求和的老辦法，以金玉子女來卑詞行成，哪裡想到越王勾踐不肯答應。或許，夫差已經沒有好的謀臣可供遣派，但是，筆者總認為：夫差、勾踐兩人性格的不同，是決定他們勝敗的最主要的因素。

這篇文章，無論記言敘事，都很有條理，層次非常分明，容易給人深刻的印象，尤其是寫越王勾踐生聚教訓的一段文字，對後世更富有激勵的作用，值得我們一讀再讀。

【伍】戰國策

《戰國策》解題

《戰國策》主要是記錄戰國時代縱橫家言的一部古籍。戰國時代，士人求為世用，紛紛懷著策略去遊說諸侯，合縱連橫，不一而足。他們立場不同，互相辯論，發表了許多政治主張和鬥爭謀略，後來經過各國史官或謀士自己記錄下來，彙成此書。有人以為是漢朝初年蒯通所纂，但證據不足，不被採信。

它的卷帙，原來非常混亂，名稱也非常繁雜，有《國策》、《國事》、《短長》、《長書》等等異名別稱。我們現在所看到的流傳本子，是經過漢代學者劉向整理校訂的。他去其重複，合為三十三篇，亦即三十三卷，並按國別分為：東周、西周、秦、齊、楚、趙、魏、韓、燕、宋、衛、中山等十二國，定名為《戰國策》。這裡的東周、西周，指的是戰國時代王畿中的「東周君」和「西周君」，宋、衛、中山則是當時小國，其餘七國，就是所謂戰國七雄。

《戰國策》繼承《國語》的體裁，反映戰國時代諸侯各國的政治動態和歷史事件，同時對於許多歷史人物和縱橫家言論，都有具體而動人的描述和記錄。像蘇秦、鄒忌、豫讓等人，都寫得栩栩如生，活躍於紙上。後來司馬遷寫《史記》，有關戰國人物的傳記，有不少材料就取自《戰國策》一書。像《史記》的〈刺客列傳〉，寫豫讓、聶政、荊軻等人，幾乎就是襲用了《戰國策》的原文。可見《戰國策》在中國散文發展史上所佔的地位。可惜的是，漢、魏以後，《戰國策》多所散佚，到了北宋，曾鞏才多方訪求原本，重加校定，盡量恢復舊觀。

《戰國策》的注本，以東漢高誘的注最著名，可惜已殘缺不全。宋鮑彪的校注，也頗可取，但疏誤仍多；元吳師道曾經重校補正，四部叢刊本就是這個本子。清黃丕烈重刊宋本，並附札記三卷，頗有參考價值，臺北有藝文印書館影印本。

【戰國策選】

蘇秦終佩相印

蘇秦始將連橫說秦惠王❶，曰：「大王之國，西有巴蜀漢中之利❷，北有胡貉代馬之用❸，南有巫山黔中之限❹，東有殽函之固❺。田肥美，民殷富，戰車萬乘，奮擊百萬❻，沃野千里，蓄積饒多，地勢形便，此所謂天府❼，天下之雄國也。以大王之賢，士民之眾，車騎之用，兵法之教，可以併諸侯，吞天下，稱帝而治。願大王少留意❽，臣請奏其效❾！」

秦王曰：「寡人聞之：毛羽不豐滿者，不可以高飛；文章❿不成者，不可以誅罰；道德不厚者，不可以使民；政教不順者，不可以煩大臣⓫。今先生儼然不遠千里而庭教之，願以異日⓬。」

蘇秦曰：「臣固疑大王之不能用也。昔者神農伐補遂⓭，黃帝伐涿鹿而禽蚩尤⓮，堯伐驩兜⓯，舜伐三苗⓰，禹伐共工⓱，湯伐有夏⓲，文王伐崇⓳，武王伐紂⓴，齊桓任戰而伯天下㉑。由此觀之，惡有㉒不戰者乎？古者使車轂擊馳，言語相結㉓，天下為一。約從連橫，兵革不藏㉔。文士並飭㉕，諸侯亂惑，萬端俱起，不可勝理㉖；科條既備，民多偽態㉗；書策稠濁，百姓不足

㉘；上下相愁，民無所聊㉙。明言章理，兵甲愈起㉚；辯言偉服，戰攻不息㉛；繁稱文辭㉜，天下不治；舌敝耳聾，不見成功；行義約信，天下不親㉝。於是乃廢文任武，厚養死士，綴甲厲兵，效勝於戰場㉞。夫徒處而致利㉟，安坐而廣地，雖古五帝、三王、五伯㊱，明主賢君，常欲坐而致之，其勢不能，故以戰續之。寬則兩軍相攻，迫則杖戟相撞㊲，然後可建大功。是故兵勝于外，義強于內，威立于上，民服于下。今欲併天下，凌萬乘，詘敵國㊳，制海內，子元元㊴，臣諸侯，非兵不可。今之嗣主㊵，忽于至道，皆惛于教，亂于治，迷于言，惑于語，沉于辯，溺于辭㊶。以此論之，王固不能行也。」

【注釋】

❶蘇秦：字季子，東周洛陽人。遊說秦王不成，轉赴燕、趙，主張合縱，團結六國，抵制秦國。後來秦用張儀連橫之策，合縱瓦解，蘇秦至齊，為人所殺。秦惠王：一稱惠文王，姓嬴名駟，秦孝公之子。秦孝公用衛人商鞅變法，使秦國富強，但因得罪貴族，秦惠王即位後，殺商鞅，反對客卿獻策。

❷巴：即今以重慶為中心的川東地帶。蜀：即今以成都為中心的川西地帶。漢中：今陝西省南部。以上這些地方，物產富饒，當時都屬秦國。

❸胡：北狄的通稱，在今山西省北部一帶。貉：獸名，形狀似貍，皮毛厚溫，可以製裘。代：今山西

代縣一帶，以產馬聞名。

❹巫山：在今四川巫山縣東。黔中：今湖南省西北部和貴州省東部一帶。限：險要邊塞。

❺殽：山名，在今河南陝縣附近。函：即函谷關，在今河南靈寶縣南。

❻殷富：殷實富足。萬乘：戰車萬輛。奮擊：指奮勇擊敵的戰士。

❼地勢形便：地勢險要，便於攻守。府：財物匯集的地方。天府：天然的府庫。這是說關中產物富饒。

❽少留意：是一種謙恭的辭令，即稍稍注意。少：少許，稍微。

❾奏：報告。其效：指令秦吞併天下的效驗。

❿文章：指禮儀法令。

⓫煩大臣：勞煩大臣，指對外用兵。

⓬儼然：莊嚴的樣子。庭教：在宮庭中指教。願以異日：希望將來再來領教。

⓭神農：即炎帝，教民務農。補遂：古代國名。一說，古代部落名。

⓮黃帝：古帝名，姓公孫，稱軒轅氏，又稱有熊氏。涿鹿：山名，在今河北涿鹿縣東南。禽：同「擒」。蚩尤：九黎部落的酋長，後為黃帝所殺。

⓯堯：古帝名，姬姓，稱陶唐氏。驩兜：帝堯的臣子，與共工朋比為奸，被放逐在崇山（今廣東附近）。

⓰舜：古帝名，姚姓，名重華，受堯禪讓即位，稱有虞氏。三苗：古國名，在今湖南溪洞一帶。

⓱禹：即治水的夏禹，姒姓，受舜禪讓為帝，國號曰夏。共工：古代水官名，以官為氏，相傳這一族在顓頊、堯、舜、禹時為諸侯，被放逐到幽州（今河北省北部一帶）。

⓲湯：殷商開國主，子姓，名履，滅夏桀而稱王。有夏：即夏代，「有」是語首助詞。這裡是指夏桀。夏桀：名癸，桀（兇暴的意思）是他的謚號。他是夏末暴君，被湯擊敗，流放而死。

⓳文王：周武王的父親，姬姓，名昌，紂王時為西方諸侯之長。崇：殷時國名，在今陝西鄠縣。崇侯虎助紂為惡，被文王誅伐。

⑳武王：名發，滅紂王後，即王位，國名周。紂：殷代最後一個國君，名受辛，字受德，紂（殘暴的意思）是他的謚號。

㉑齊桓：即齊桓公，春秋時五霸之一，姜姓，名小白。任戰：用兵，用戰爭的手段。伯：同「霸」。伯天下：為天下霸主。

㉒惡有：豈有，哪裡有。惡，音「烏」，何，哪裡。

㉓轂：車軸兩端。擊馳：擊，車軸互相摩擦撞擊；馳，往來奔馳。此句形容來往車輛很多。言語相結：用言談互相結納，即締結盟約。以上兩句指各國使者頻繁出動，互相聯結。

㉔從：同「縱」，南北為縱。約從：是說南北的國家結而為一。連橫：東西為橫，是說東西方的國家連成一線，來攻擊其他各國。兵革：武器。不藏：不能收藏。此二句是說：經過種種外交活動，還不能避免戰爭。

㉕並：都是。飭：通「飾」，巧飾辭令的意思。

㉖不可勝理：不可勝數。

㉗科條：法令條文。偽態：虛加敷衍。此二句是說：章程條令愈多，則人民愈不能信守，只好虛作應付。

㉘書策：指文件、政令。稠濁：多而雜亂。百姓不足：是說人民生活窮困。

㉙上下相愁：上，指統治者，愁的是內憂外患；下，指人民，愁的是生活窮困。聊：依賴。無所聊：無所依靠。

㉚明言：明白顯著的言論。章理：冠冕堂皇的道理。章：同「彰」。兵甲：兵器和盔甲，此指戰爭。

㉛辯言：雄辯的辭令。偉服：指儒者所穿的盛裝。戰攻：攻伐征戰。此二句是說：文士以雄辯的言辭，在諸侯間紛紛遊說，但戰爭仍然頻繁不絕。

㉜繁稱文辭：進行繁雜的說教，巧飾辭令。

㉝此二句是說：各國之間雖欲以禮義相結納，以誠信相約束，但只成為紙上空文，天下根本不能相親。

㉞綴甲厲兵：整治軍裝，磨利武器，以備作戰。效勝：較量勝負。

㉟徒處：空手等著。致利：獲利。

㊱五帝：說法不一，《史記》以為是：黃帝、顓頊、帝嚳、堯、舜。三王：三代之王，指夏禹、商湯、周武王。五伯：指齊桓公、晉文公、宋襄公、秦穆公、楚莊王。

㊲迫：指肉搏戰。杖戟：兵器。

㊳凌萬乘：實力壓倒大國。凌：超過。一說，侵犯。萬乘：能出一萬輛兵車的大國。詘敵國：使敵國屈服。詘：同「屈」。

㊴子：動詞，以民為子的意思，即安撫治理。元元：百姓。子元元：即統治天下百姓。

㊵今之嗣主：如今的繼世君王。

㊶忽：忽略。至道：重要的道理，指戰爭。惛：昏惑。亂：迷惑。沉：陷入。溺：淹死。指被一切言論所迷惑。

【語譯】

蘇秦起初拿連橫的策略向秦惠王遊說：「大王的國家，西邊有巴蜀漢中的資源，北邊有胡貉代馬的軍用，南邊有巫山黔中的天險，東邊有殽山函谷的要塞，土地肥美，人民富庶，兵車萬輛，衝鋒戰士百萬，良田千里，儲備充盈，地理形勢攻守兩便，這正是所說的『天府』，天下的雄霸國家呀。憑大王的賢明，軍民的眾多，戰備的精良，戰術的講求，足可以合併諸侯，吞滅天下，南面稱帝，統治海內。希望大王稍予留意，臣願說明這一效驗！」

秦惠王說：「我聽說過這樣的話：凡是毛羽還沒有長到豐滿地步的，不可以凌空高飛；凡是法令還沒有訂定到完備地步的，不可以實行刑罰；凡是行道施德還沒有達到宏大地步的，不可以役使百姓；凡是政治、教化還沒有達到使人順服地步的，不可以煩勞大臣。如今先生鄭重地不嫌千里遙遠來這兒教導我——我希望將來再談。」

蘇秦說：「臣原本就懷疑大王不能採用我的建議呀。在從前的時候，神農攻伐補遂部落，黃帝攻伐涿鹿而生擒了蚩尤，唐堯攻伐驩兜，虞舜攻伐三苗，夏禹攻伐共工，商湯攻伐夏桀，文王攻伐崇國，武王攻伐殷紂，齊桓公也藉著戰爭才成了諸侯的霸主，從這些史實看來，怎麼會有不用戰爭的呢？古時各國互派使臣，車輛往來奔馳，憑外交人員的辭令，互相締結盟約，想使天下統一。有南北相約合縱的辦法，有東西連為一體的方略，武器裝備不再收藏，文士都有一套巧飾善辯的說辭，使得各國諸侯迷亂惶惑；萬千事端一起發生，沒有辦法處理得清楚；章則條例應有盡有，人民大都虛加敷衍；文獻法令既繁且亂，百姓生活陷於貧困；君愁臣怨，民眾無所依靠；道理講得越明白，戰爭也越多；穿著禮服的文士儘管能言善辯，可是軍事攻伐並不停止；稱引古書上的文辭道理，天下也不能太平；講得舌頭破了，聽得耳朵聾了，仍然歸於失敗；遵行仁義，相約守信，天下依舊不能團結。於是才放棄文治，加強武力，多養敢死之士，縫製盔甲，磨利兵器，希望在戰場上決勝。要知道空自等待獲利，安坐而想擴張地盤，即使是古時五帝、三王、五霸，以及賢明人君，常常想如此輕易地達到願望，實際上也無從實現，所以才接著用戰爭來達到目的；距離遠的使兩軍互相攻打，距離近的便用木棍兵器肉搏，然後才可以建立大功。因此，軍隊在外面打了勝仗，國內就容易推行政令；君王在上面建立了聲威，老百姓在下面就會絕對服從。如今要想併吞天下，壓倒強敵，降服敵國，控制海內，統治百姓，臣服諸侯，不用兵是不行的。可惜如今繼承大位的人君，忽視了這種最要緊的道理，全是不明教化，胡亂推行政治，迷惑於動聽的言語，陷入於無聊的辯論，沉溺於花巧的辭令。就此說來，大王原本就不能採行我的建議呀。」

說秦王書十上，而說不行。黑貂之裘敝，黃金百斤盡，資用乏絕，去秦而歸。羸縢履蹻❶，負書擔橐❷，形容枯槁，面目黧黑❸，狀有愧色。歸至家，妻不下紝❹，嫂不為炊，父母不與言。蘇秦喟然❺歎曰：「妻不以我為夫，嫂不以我為叔，父母不以我為子，是皆秦之罪也。」乃夜發書，陳篋❻數十，得太公《陰符》❼之謀，伏而誦之，簡練❽以為揣摩。讀書欲睡，引錐自刺其股，血流至足，曰：「安有說人主不能出其金玉錦繡，取卿相之尊者乎？」朞❾年揣摩成，曰：「此真可以說當世之君矣。」

于是乃摩燕烏集闕❿，見說趙王⓫于華屋之下，抵掌⓬而談。趙王大說，封為武安君[13]，受相印。革車百乘，綿繡千純[14]，白璧百雙，黃金萬鎰[15]，以隨其後。約從散橫[16]，以抑強秦。故蘇秦相于趙，而關不通[17]。

當此之時，天下之大，萬民之眾，王侯之威，謀臣之權，皆欲決于蘇秦之策。不費斗糧，未煩一兵，未戰一士，未絕一弦，未折一矢，諸侯相親，賢[18]於兄弟。夫賢人在而天下服，一人用而天下從。故曰：「式[19]于政，不式于勇，式于廊廟[20]之內，不式于四境之外。」當秦之隆，黃金萬鎰為用，轉轂連騎，炫熿于道[21]，山東之國，從風而服[22]，使趙大重[23]。

且夫蘇秦，特窮巷掘門、桑戶棬樞之士耳[24]。伏軾撙銜，橫歷天下[25]；庭說諸侯之王，杜[26]左右之口，天下莫之伉[27]。將說楚王[28]，路過洛陽。父母聞之，清宮除道，張樂設飲，郊迎三十里；妻側目而視，傾耳而聽；嫂蛇行匍伏，四拜自跪而謝[29]。蘇秦曰：「嫂何前倨[30]而後卑也？」嫂曰：「以季子位尊而多金。」蘇秦曰：「嗟乎！貧窮則父母不子，富貴則親戚畏懼。人生世上，勢位富厚，蓋可以忽乎哉[31]！」

【注釋】

❶贏縢（音「騰」）：猶今之綁腿。贏：通「縲」，纏繞。縢：裹腳布。履蹻（音「決」）：穿著草鞋。

履：作動詞用，穿著。蹻：草鞋。

❷橐（音「駝」）：有底的口袋。

❸黧（音「離」）黑：黃黑色。

❹紝（音「認」）：織綢子。不下紝：是說仍舊織布，不從織布機上下來。

❺喟然：長歎的樣子。

❻陳篋：陳列箱篋：篋：小箱，這裡指書包、書袋。

❼太公：即呂望，世稱姜太公，周朝開國功臣。陰符：即《陰符經》，相傳是太公所傳的兵法。

❽簡練：精擇熟記。

❾朞（音「基」）：滿一年。

❿摩：逼近，經過。燕烏、集闕：關塞名。一說，宮闕名。其地不詳。

⓫趙王：趙肅侯，名語。

⓬抵掌：鼓掌。抵：側擊。形容言談者有充分的自信力。一說，抵應作「㧺」：比劃手勢的樣子。

⓭武安：趙國地名，故城在今河南武安縣西南。

⓮革車：兵車。純：束。

⓯鎰：二十四兩為一鎰。

⓰約從：連合六國。散橫：解散六國與秦之間的聯繫。

⓱關不通：秦在函谷關之西，六國在東，意即六國與秦不相交往。

⓲賢：勝過。

⑲式：致力的意思。
⑳廊廟：朝廷。
㉑炫熿于道：輝煌顯耀於道路之上。熿：同「煌」。
㉒山東：崤山、函谷關以東，指秦國以外的戰國六雄。從風而服：望風而服的意思。
㉓使趙大重：使趙大受其餘五國的尊重。
㉔窮巷：窮困的里衖。掘門：掘牆為門。桑戶棬（音「圈」）樞：用桑木為門，以彎木為門軸。兩句形容蘇秦出身寒微。
㉕伏軾：伏在車前橫木上。撙銜：勒住馬轡繩。這是描寫蘇秦富貴後出入乘車騎馬、貴盛的樣子。歷：行。
㉖杜：堵塞。
㉗伉：同「抗」，相匹敵。
㉘楚王：指楚懷王。一說，指楚威王。
㉙蛇行匍伏：像蛇一樣在地上用手足向前爬行。謝：賠罪。
㉚倨：傲慢無理。
㉛蓋：通「盍」，豈的意思。忽：輕視。此句是說：怎麼能夠看輕勢位富厚呢！

【語譯】

蘇秦遊說秦王的書策上了十次，仍舊未被採納。黑貂皮袍穿破了，黃金百斤用光了，盤纏旅費斷絕了，只得離開秦國回家。纏緊了綁腿布，穿上了草鞋，背著書囊，擔著行李，面貌枯乾，臉色黝黑，非常慚愧的樣子。回到了家，太太沒有下織機，嫂嫂不給他做飯，父母不和他說話。蘇秦長嘆了一聲道：「妻子不把我當做丈夫，嫂嫂不把我當做小叔子，父母不把我當做兒子，這都是秦王的罪過呀！」於是便在夜間翻閱書，從書箱裡取出了數十部書，尋得太公所著《陰符》的兵法，伏在案上誦讀起來，精挑細揀，並用心研究揣摩其中的道理。讀得倦了，想睡，就自己拿起錐子往大腿上刺，血流到腳上，說：「哪裡會有遊說人君，不能使他拿出金玉錦繡來供養，得到卿相尊位的呢？」過了整整一年，他揣摩可以成功了，說：「現在真正可以去遊說當代的人君了！」

於是他便在靠近燕烏、集闕的地方，見到趙王，就在高大華美的宮室裡向趙王遊說，鼓著掌談話。趙王大喜，封蘇秦為武安君，叫他接了相印。戰車百輛，錦繡千綑，白璧百對，黃金萬鎰，跟隨在他後面，去邀約諸侯合縱，拆散連橫的關係，共同抵抗強秦。因此蘇秦做了趙相，函谷關內外的交通斷絕了。

當這個時候，天下這麼廣大，老百姓這麼眾多，王侯們這麼有聲威，謀臣們這麼有權力，可是全願意聽從蘇秦的決策。沒有花費一斗米糧，沒有差遣一個兵卒，沒有傷過一位戰士，沒有斷過一根弓弦，沒有折過一枝箭矢，各國諸侯就都相親相愛，勝似兄弟。這是因為賢人出任艱鉅之位而使天下人心服，一個人得重用而使天下人順從。所以說：「致力於外交，不要致力於軍事；致力於朝廷之內，不要致力於四境之外。」當蘇秦得意時，有萬鎰黃金供他花費，有車馬成群跟隨，在路上聲勢顯赫，太行山以東的國家，都聞風而從，使趙國的地位大大提高。

其實，蘇秦這個人，只不過是在窮巷中挖牆為門，以彎曲的桑木為門軸，出身寒微的貧士罷了；可是他竟然能夠坐著高車大馬，伏在車前把手上，勒著繮轡，周遊天下，在宮廷上遊說各國君王，堵住左右臣子的嘴巴，天下沒有能和他抗衡的。他要遊說楚王的時候，路過他的家鄉洛陽，父母聽見消息，便趕忙清潔房屋，掃除道路，準備了音樂，設下了筵席，跑到城外三十里去歡迎他；太太不敢正面看他，只偏著耳朵專心聽他說話；嫂嫂像蛇一樣爬行在地，拜了四拜，兀自跪著請求恕罪。蘇秦說：「嫂嫂為什麼從前那樣傲慢，現在又這樣謙卑呢？」嫂嫂說：「因為季子現在地位尊貴而且錢又多。」蘇秦說：「唉！貧窮就連父母都不當做兒子，富貴了就連親戚也都畏懼。人活在世界上，權勢、地位、財富、厚祿，怎麼可以不重視呢！」

析論

這一篇選自《戰國策．秦策》。

戰國時代，各國之間政治鬥爭激烈，有很多策士，奔走天下，紛紛以奇策遊說諸侯，藉此博取富貴功名。這些策士，後人稱為縱橫家。在戰國的縱橫家中，蘇秦和張儀是著名的代表人物。

這篇文章就是記敘蘇秦遊說秦惠王失敗，改而遊說趙肅侯成功的故事。在如何從失敗走向成功的過程中，作者以鮮明的對比手法，氣勢磅礴的記敘技巧，塑造了蘇秦這個縱橫家的形象，表現了他勤奮的精神，同時，對人生深致感慨。

這篇文章包含蘇秦遊說秦惠王和趙肅侯兩大部分。

第一部分，包括第一、二兩段，寫蘇秦以連橫說秦惠王。這件事發生在秦惠王元年（周顯王三十二年，西元前三三七年）的時候。

秦惠王的父親秦孝公任用商鞅變法，國勢因而大振。秦惠王繼位，又奪取魏地，滅掉蜀國，大大開拓了疆土。確如文中蘇秦所說，當時的秦國是一個土地廣大、形勢險固、物產豐饒、兵力雄厚的「天下之雄國」。橫則成王，縱則成霸。蘇秦懂得這個道理，所以他以「併諸侯，吞天下，稱帝而治」來遊說秦惠王。要實現這個政治目標，蘇秦認為最好的辦法就是訴諸武力。因此，他徵引史實，從正反兩面來說明光靠外交手段是不行的，只有「以戰續之」，才「可建大功」。所以他主張「連橫」，要秦國對山東六國一面拉攏，一面分化，發動戰爭。但舌敝唇乾，仍然不見成功。秦惠王雖然也想向東發展，但由於他剛剛殺了變法維新的商鞅，對外國的遊說之士存有戒心，因而婉言辭謝了他。蘇秦以連橫說秦的活動，雖「說秦王書十上」，終於無功而退。

第二部分，寫蘇秦以「約縱散橫，以抑強秦」說趙王，倡議山東六國南北聯成一線，合力抗秦。「趙王大說，封為武安君」，因而在當日政治舞臺上，扮演了一個重要的角色。

在這一部分，作者沒有多寫蘇秦遊說趙王的經過，而是著重蘇秦發憤讀書和「合縱」的威力上面。這樣，不但突出了故事重點，又避免和上文重複。作者所以要寫他發憤讀書，甚至寫他「讀書欲睡，引錐自刺其股，血流至足」，主要的是為了說明蘇秦在政治上所以轉敗為勝的原因。他一方面找出「太公陰符之謀」加以熟讀，另一方面又「簡練以為揣摩」，找出了遊說山東六國之君的根本問題。這樣也就順應了時勢，達到他取卿相之尊的目的。

對於蘇秦取得卿相之尊，文中「相于趙而關不通」、「山東之國，從風而服，使趙大重」這些敘述，有人以為：這完全是極端誇張之詞。因為戰國時代，七國之間，互爭雄長，從來就沒有因一人的說詞而天下合縱的局面。蘇秦始終是燕昭王的親信，為了燕國的強大，出謀劃策，奔走於齊、趙、魏等國之間。他雖然曾經代表齊湣王到趙國遊說，但事實上並未掌權，甚至還一度被扣留。當趙國奉陽君聯合五國攻秦的時候，蘇秦代表齊國參與其事，但因齊國的目的不在於攻秦，而在於攻宋，所以五國聯軍遲遲不前，根本沒有「蘇秦相于趙而關不通」的事。可見本文所記，有誇張的地方，甚至有虛構的成分。司馬遷《史記》裡，在蘇秦傳後就說：「世言蘇秦多異，異時事有類之者，皆附之蘇秦。」看來，有關蘇秦的記載，我們不能一切信以為真。

作者在這一部分還穿插了蘇秦家人對他「前倨而後恭」的描寫。

在蘇秦「說秦王書十上，而說不行」的時候，在作者的筆下，他是一個穿著破舊皮裘，打著綁腿，穿著草鞋，形容枯槁，面目黧黑，背著書箱，落魄而歸的窮書生。無怪「妻不下紝，嫂不為炊，父母不與言」。但是，等到後來蘇秦「相」於趙，「革車百乘，錦繡千純，白璧百雙，黃金萬鎰」，特別是當他身佩六國相印，「黃金萬鎰為用，轉轂連騎，炫熿于道」的時候，父母竟然「清宮除道，張樂設飲，郊迎三十里」，其「妻側目而視，傾耳而聽」，而其嫂嫂更是「蛇行匍伏，四拜自跪而謝」。前後判若雲泥。如此鮮明的對比，不僅使人物的性格分外鮮明，同時也使我們對人間冷暖，世態炎涼，多了一層認識。

這篇文章不但寫人，而且寫事。寫事也正是為了寫人。作者在文中寫蘇秦遊說秦惠王，用了整齊排比的句式和反覆論證的方法，局面開闊，氣勢磅礴，充分表現了縱橫家縱橫捭闔的巧辯藝術。寫蘇秦的發憤讀書，寫他的家人前後不同的態度，運用了鮮明的對比手法，就幾個細節加以渲染描寫，都表現了高度的寫作技巧。

鄒忌諷齊威王

戰國策

鄒忌脩八尺有餘❶，而形貌昳麗❷，朝服衣冠窺鏡❸，謂其妻曰：「我孰與城北徐公美❹？」其妻曰：「君美甚，徐公何能及君也！」城北徐公，齊國之美麗者也。忌不自信，而復問其妾曰：「吾孰與徐公美？」妾曰：「徐公何能及君也。」旦日❺，客從外來，與坐談，問之：「吾與徐公孰美？」客曰：「徐公不若君之美也。」

明日，徐公來，孰❻視之，自以為不如，窺鏡而自視，又弗如遠甚，暮寢而思之，曰：「吾妻之美我者，私我也❼；妾之美我者，畏我也；客之美我者，欲有求於我也。」

於是入朝見威王曰：「臣誠知不如徐公美。臣之妻私臣，臣之妾畏臣，臣之客欲有求於臣，皆以美於徐公。今齊地方千里，百二十城，宮婦左右❽，莫不私王；朝廷之臣，莫不畏王；四境之內，莫不有求於王。由此觀之，王之蔽❾甚矣！」

王曰：「善。」乃下令：「群臣吏民能面刺❿寡人之過者，受上賞；上書諫寡人者，受中賞；能謗譏於市朝，聞寡人之耳者，受下賞。」令初下，群臣進諫，門庭若市。數月之後，時時而間進⓫。期年⓬之後，雖欲言無可進者。

燕、趙、韓、魏聞之，皆朝於齊。此所謂「戰勝於朝廷」⓭。

【注釋】

❶ 鄒忌：齊國的大夫，善鼓琴，有辯才。脩：長；亦寫作「修」。這裡指身高。八尺：周時的尺，和現在的尺不同，每尺約合今尺七寸光景；八尺，實為今尺之五尺六寸。

❷ 昳（音「意」）麗：美麗，漂亮。

❸ 朝：早起。服：穿戴。窺鏡：向鏡子裡不很自在地看，這是因為鏡子小或風流自賞的關係。因此，「窺」字又常作「偷看」講。

❹ 徐公：在齊國都城（今山東臨淄）城北住的徐姓美男子。這句話是說：我跟城北徐公比起來，誰美？

❺ 旦日：明日，第二天。

❻ 孰：熟，仔細。

❼ 美我：誇讚我美麗。私：偏袒。

❽ 宮婦左右：宮裡的王后、妃子和侍從。

❾ 蔽：蒙蔽。

❿ 面刺：當面指出。刺有指責的意思。

⓫ 時時而間進：進諫的雖然還有，但是漸漸地少了，要隔些時候才來一次。間：間隔。

⓬ 期（音「基」）年：周年。

⓭ 戰勝於朝廷：在朝廷上打勝仗，不用興兵就打了勝仗的意思。

【語譯】

鄒忌身高八尺又多一點，身材相貌很漂亮，早晨起來，穿戴上衣帽照了照鏡子，對他的妻子說：「我跟城北的徐公比較，誰美？」他的妻子答道：「您美得多，徐公哪能趕得上您呢！」城北徐公，是齊國有名的美男子，鄒忌連自己都不肯相信，就又問他的侍妾說：「我跟徐公比起來，誰美？」侍妾答道：「徐公哪裡會及得上您呢。」第二天，有一位客人從外面來，鄒忌同他坐著談話，問他說：「我跟徐公誰美？」客人答道：「徐公不像您這麼美。」

明天，徐公來了，鄒忌仔細看了看他，自己以為不如他漂亮；再照照鏡子看看自己，更覺得相差太遠了。晚上睡覺的時候，就想這件事，說：「我的妻子所以稱讚我美的緣故，是偏袒我呀；侍妾所以稱讚我美的緣故，是害怕我呀；客人所以稱讚我美的緣故，是想向我要求什麼呀。」

於是他到朝廷見齊威王說：「我的確知道我不如徐公漂亮。但是因為我的妻子偏袒我，我的侍妾害怕我，我的客人有求於我，都說是我比徐公漂亮。如今齊國的土地，面積有一千方里，一百二十座城市；宮裡王后、妃子，還有在跟前侍從的人，沒有不偏袒王的；朝廷裡的臣子，沒有不害怕王的；四邊國境以內，沒有不是有求於王的。從這看來，王受的蒙蔽太厲害了！」

王說：「對。」因此便下了命令：「不論群臣、小吏、老百姓，如果能當面指出我過失的，可以領取上等的賞賜；如果能用書面諫諍我的，可以領取中等的賞賜；如果能在街市上或是朝廷上，評論我的過失，讓我聽到的，可以領取下等的賞賜。」命令剛下來的時候，群臣們進諫的，大門、庭院都像街市那麼擁擠。幾個月之後，進諫的人總要隔些時候才來進諫一次。一年之後，雖然想來也沒有可以進諫的了。

燕國、趙國、韓國、魏國聽見了，全到齊國裡來朝見威王。這就是所謂「在朝廷上打了勝仗」。

析論

這一篇選自《戰國策．齊策》。

這篇記敘文在寫作技巧方面，有兩個值得我們注意的問題：第一，它有很多重複的對話和字句，卻寫成不同型式的句子。第二，它記敘事情的經過時，都分為三個層次來說明。

先說第一點。例如在第一段中，鄒忌問其妻、妾、客的話，都是他和城北徐公哪一個好看的問題，可是卻分別寫成下列三種句型：

謂其妻曰：「我孰與城北徐公美？」
復問其妾曰：「吾孰與徐公美？」
問之：「吾與徐公孰美？」

同樣的道理，鄒忌的妻、妾、客都說鄒忌比徐公好看，一個意思，仍然寫成下列三個不同的句型：

其妻曰：「君美甚，徐公何能及君也！」
妾曰：「徐公何能及君也。」
客曰：「徐公不若君之美也。」

句型所以要有變化，就怕文章寫得呆板了，使讀者覺得索然無味；所以讓重複的句子、相同的意思，在句型上產生變化，可以使句調生動而和諧，而無板滯之失。這樣讀者讀了，也就不會覺得它重複了。

至於第二點，和鄒忌與妻、妾、客三人的對答有關；因為是三人的對答，當然記述也只好分為三個層次來說明。不過，除此之外，本文中也不乏這種例子，譬如：

宮婦左右，莫不私王；朝廷之臣，莫不畏王；四境之內，莫不有求於王。

能面刺寡人之過者，受上賞；上書諫寡人者，受中賞；能謗譏於市朝，聞寡人之耳者，受下賞。

令初下，群臣進諫，門庭若市。數月之後，時時而間進。期年之後，雖欲言無可進者。

這可以說是本文的一大特色，也稱得上是層次井然。

這篇文章造語平淡，卻饒有情味，使讀者彷彿置身其中一般，是很高明的一種寫作技巧，讀者們練習說話、寫文章，這正是一篇典型的範文。

齊使問趙威后

齊王使使者問趙威后❶。書未發❷，威后問使者曰：「歲亦無恙❸耶？民亦無恙耶？王亦無恙耶？」

使者不說曰：「臣奉使使威后，今不問王，而先問歲與民，豈先賤而後尊貴者乎？」

威后曰：「不然。苟無歲，何以有民？苟無民，何以有君？故有問舍本而問末者耶❹？」

乃進而問之曰：「齊有處士曰鍾離子❺，無恙耶？是❻其為人也，有糧者亦食，無糧者亦食，有衣者亦衣，無衣者亦衣；是助王養其民者也，何以至今不業❼也？葉陽子❽無恙乎？是其為人，哀鰥寡，卹❾孤獨，振困窮，補不足。是助王息❿其民者也，何以至今不業也？北宮之女嬰兒子⓫，無恙耶？徹其環瑱⓬，至老不嫁，以養父母，是皆率民而出於孝情⓭者也，胡為至今不朝⓮也？比二士弗業，一女不朝，何以王齊國、子萬民乎⓯？於陵子仲⓰尚存乎？是其為人也，上不臣于王，下不治其家，中不索交⓱諸侯；此率民而出於無用者，何為至今不殺乎？」

【注釋】

❶ 齊王：舊說名建，襄王的兒子，是齊國最後一位國君，故無謚號。趙威后：趙惠文王后。惠文王死，子孝成王新立，故由太后執政。
❷ 發：打開，啟封。
❸ 歲：收成。恙：本是一種毒蟲，古人穴居野處，常被此蟲所噬，故稱平安為「無恙」。
❹ 一本無上問字。舍：同「捨」。
❺ 處士：有才能而沒有做官的士人。鍾離：複姓。子：先生。
❻ 是：意同「夫」，語助語。
❼ 不業：沒有職位以成就更大的功業。
❽ 葉（音「社」）陽子：齊國處士。葉陽是地名，這裡以地稱其人。
❾ 卹：撫恤。
❿ 息：繁殖。
⓫ 北宮：複姓。嬰兒子：這是女子的名子，她是齊國有名的孝女。
⓬ 徹：除去。環：耳環。瑱：一種玉製的耳飾。
⓭ 率民而出於孝情：教民行孝的意思。
⓮ 不朝：不上朝。古代女子受封號後，才有資格上朝。這裡是說為什麼還不給她封號表彰她。
⓯ 王：君臨。子：養育。這裡都作動詞用。

⓰ 於（音「烏」）陵：齊邑，故城在今山東長清縣西。子仲：齊人。
⓱ 索交：求交。

【語譯】

齊王派遣使者問候趙威后。書信還沒有拆開，威后就問齊使說：「今年收成也還不錯吧？百姓也都不錯吧？齊王也不錯吧？」

使者不高興地說：「臣下奉差遣來問候威后，如今您不問齊王，倒先問起收成和百姓來，豈不是先問卑賤而後問尊貴了嗎？」

威后說：「不對。假若沒有收成，哪裡還有百姓？假若沒有百姓，哪裡還有君王？所以我的問法有捨本而逐末的地方嗎？」

於是繼續問齊使說：「齊國有位處士，名叫鍾離子的，可平安嗎？說起他的為人呀，有糧食的也給他們吃，沒有糧食的也給他們吃；有衣裳的也給他們穿，沒有衣裳的也給他們穿；這是幫助齊王養育百姓的呀，為什麼到如今還不給他職位呢？葉陽子可平安嗎？他的為人是，憐憫鰥夫寡婦，撫恤孤兒獨老；救濟困窘窮苦的，補助衣食不足的，這是幫助齊王繁殖百姓的呀，為什麼到如今還不給他職位呢？北宮氏的那位小姐嬰兒子，可平安嗎？她卸下耳環玉飾，到年老不嫁人，來奉養父母，這都是倡導百姓行孝的呀，為什麼到如今還不叫她上朝，封號表揚呢？這樣的兩位處士，不給他們職位以成就功業；這樣的一位女子，不給她上朝封號，還怎麼能夠治理齊國，愛養萬民呢？於陵子仲還活著嗎？他的為人呀，對上面的君王而言，不像個臣子；對下而言，不肯管理自己的家室；對中而言，不想交往諸侯，這是倡導百姓做無用廢物的，為什麼到如今還不殺他呢？」

析論

這篇文章選自《戰國策．齊策》，記敘齊使訪趙時，和趙威后的一段對話。從中我們可以看到趙威后逼人的威儀和過人的見解。

趙威后因為趙惠文王剛死，孝成王新立，年紀太輕，所以由她掌管趙國政事。也因為如此，齊王才派使者來問候她。

趙威后以一介女流，執掌國政，這在當時重男輕女的社會裡，本來就是引人注目的事。就趙威后來說，她必須端正威儀，才能懾服別人；她又必須見解過人，才能使人對她另眼相看。因此，當齊國使者送上齊王慰問的信，她還沒拆閱，就先問道：「歲亦無恙耶？民亦無恙耶？王亦無恙耶？」

趙威后的這個問法，在當時君權至上的觀念裡，是本末倒置的。這跟趙國由她執政一樣，都令人頗有意外之感。了解這樣的背景，就可以明白：齊國使者聽了趙威后的問話之後，為什麼敢那樣不客氣地說：「今不問王，而先問歲與民，豈先賤而後尊貴者乎？」趙威后雖然大權在握，但畢竟身為女人，所以齊國使者起先對她仍然不夠尊重。

下文寫趙威后的答話，真是咄咄逼人，可是卻又那麼理直氣壯，言之成理。她說：「苟無歲，何以有民？苟無民，何以有君？」這是說明她原來的問話，並非本末倒置，而是順理成章。在戰國時代，民主、民本思想已經出現了，不但孟子說過：「民為貴，社稷次之，君為輕」（〈盡心篇下〉），就是在《戰國策》的〈齊策〉裡，顏斶也對齊宣王說過：「士貴耳，王者不貴」的話。所以〈齊策〉記錄了趙威后的這些話，應該不是偶然的。

趙威后的答話，說得齊國使者啞口無言，於是她乘勝追擊，一路問下去，這無異是打了一次漂亮的外交戰。她以「二士弗業，一女不朝」和於陵子仲何以不殺，來質問齊王「何以王齊國、子萬民」？咄咄的氣勢中，更顯出她的威儀不可犯。她說齊國處士鍾離子和葉陽子二人，都是在民間戮力為國的人，而北宮之女嬰兒子，終身不嫁，奉養父母，孝道可風，這些人可以說都是應該大大嘉勉的人，但是齊王卻對他們沒有提拔獎勵，所以趙威后表示不解，也表示不滿。相對的，於陵子仲在齊為官，「上不臣于王，下不治其家，中不索交諸侯」，簡直是個無用的廢物，但是齊王卻對此不加誅罰，所以趙威后對齊王的賞罰不公，用具體的例子，表示了意見。

文章到此戛然而止，可以想見齊國使者當時一定是無言以對，而趙威后的逼人威儀和民主見解，不但躍然紙上，也因此傳到齊國而流傳後世。

田單攻狄

戰國策

田單❶將攻狄❷，往見魯仲子❸。仲子曰：「將軍攻狄，不能下❹也。」田單曰：「臣以五里之城，七里之郭❺，破亡餘卒，破萬乘之燕❻，復齊墟❼；攻狄而不下，何也？」上車弗謝而去❽。

遂攻狄，三月而不克之也。齊嬰兒謠曰：「大冠若箕，脩劍拄頤❾。攻狄不能，下壘枯丘❿！」田單乃懼。

問魯仲子曰：「先生謂單不能下狄，請聞其說。」魯仲子曰：「將軍之在即墨，坐而織蕢⓫，立則丈插⓬，為士卒倡⓭。曰：『(無)可往矣，宗廟亡矣！亡日尚矣⓮，歸於何黨矣⓯！』當此之時，將軍有死之心，而士卒無生之氣，聞若言⓰，莫不揮泣奮臂而欲戰。此所以破燕也。當今將軍東有夜邑之奉，西有菑上之虞⓱，黃金橫帶，而馳乎淄澠⓲之間，有生之樂，無死之心。所以不勝者也。」田單曰：「單有心，先生志之矣⓳！」

明日，乃厲氣循城⓴，立於矢石之所㉑。乃援枹鼓之㉒，狄人乃下㉓。

【注釋】

❶ 田單：齊國的名將。齊湣王四十年，燕昭王派樂毅攻打齊國，破七十餘城，而田單堅守即墨（故城在今山東平度縣東南）不降。燕昭王死，惠王立，以騎劫代替樂毅。田單乘機用反間計，攻破燕軍，殺騎劫，恢復齊國的失土；封安平君。《史記》卷八十二有傳。

❷ 狄：指北狄所建立的國名。一說，齊國的城邑，在今山東高苑縣西北。

❸ 魯仲子：即魯仲連，齊國的高士。《史記》卷八十三有傳。

❹ 下：攻破，克服。

❺ 郭：外城。五里之城、七里之郭：形容即墨之小。

❻ 戰國時，大國才能出動兵車萬輛，燕是當時的大國之一，所以說「萬乘之燕」。

❼ 復齊墟：是說收復被燕國侵佔的地方。

❽ 謝：告辭。此句是說：上了車不告辭就走了，表示田單憤怒的樣子。

❾ 脩劍：長劍。拄：支。頤：頷下。此二句是說：武冠大得像箕一般，劍的長度可以支到下巴。形容田單的穿著佩戴非常莊嚴，反襯他已不能和士卒同患難，更沒有和強敵死戰的決心了。

❿ 能：勝任。下壘：退下置壘防守。枯丘：一作「梧丘」。梧丘：齊地名，齊景公曾畋獵於此。一本壘下有「於」字。劉向《說苑》此句作「攻狄不能下，壘於梧丘」。

⓫ 蕢：用來盛土的草袋。

⓬ 丈插：拿著鐵鍬。丈：借為「杖」，杖：持。插：同「鍤」，鍤：鐵鍬，起土的器具。

⓭ 為士卒倡：做士兵的倡導者，也就是帶頭先幹。

⓮ 可往矣：一本作「無可往矣」，意更順。亡：一作「去」。尚：久。亡日尚矣：逝去的日子，已經很

久了。

⓯何黨：何所。此句是說：現在已經無地可歸。黨和上文的往、亡、尚，可以協韻。

⓰若：你。若言：你的話。

⓱夜邑：今山東掖縣。菑：通作「淄」，水名。虞：快樂。田單封於安平（故城在今山東臨淄縣東），加之以掖縣。夜邑在安平之東，淄水在安平之西。因此說他東面有夜邑的賦稅收入，而西面有淄上遊觀的樂趣。

⓲帶：腰帶。橫帶：極言其多。澠：水名，現在稱為漢溱水，在今山東臨淄縣西。

⓳志：心之所之。此二句是說：自己有的心思，魯仲連能夠開導它。

⓴厲氣：鼓起勇氣。循：同「巡」。循城：巡視敵城。

㉑立於矢石之所：站在敵人射箭和拋石頭所能到達的地方。這說明田單已經下決心攻城，和士兵同患難。

㉒援：持。枹（音「福」）：打鼓的槌。鼓：作動詞用。援枹鼓之：舉起鼓槌，敲起戰鼓。

㉓下：被動詞，被克服了。

【語譯】

田單準備攻打狄國，先去見魯仲子。魯仲子說：「將軍去攻打狄國，一定不能攻下來的。」田單說：「我只用五里大的城，七里寬的郭，和戰敗的殘兵，就擊破了萬輛兵車的燕國，收復了齊國的失土；現在去攻打狄國，反而攻不下來，是什麼道理呢？」跳上車子，沒有告辭就走了。

就此去攻打狄人，過了三個月，還是不能打下來。齊國的小孩唱了一首童謠：「大兵帽像畚箕，長的劍撐下頤。打狄國不能休，退下來守枯丘。」田單聽了，不覺害怕起來。

再去請教魯仲子說：「先生曾說我田單不能攻下狄國，我希望聽聽你的意見！」魯仲子說：「將軍在即墨的時候，坐著就編織草袋，站著就拿起圓鍬挖土，做士兵的榜樣，並且說：『（沒有地方）可以前往了！宗廟已經滅亡了！逝去的日子已經很久了！還能回到什麼老地方呢？』在這個時候，將軍有必死的決心，而士兵沒有貪生的念頭，聽見你這些話，無不揮拭眼淚高舉手臂而想要出戰，這個就是所以能打敗燕國的原因。可是現在將軍東面有掖邑的稅收，西面有淄上的遊樂，黃金佈滿腰帶，而坐車飛馳在淄水、澠水之間，有生活的快樂，沒有犧牲的決心，所以不能打勝仗了。」田單說：「我田單所有的心思，都被先生開導了！」

第二天，便激勵士氣，巡視城郭，站在敵人箭石能射到的地方。拿著鼓槌，親自擂鼓進攻，狄人終於被打敗了。

析論

這一篇選自《戰國策．齊策》。

田單是齊國的名將，他曾經在一次齊、燕之戰中，困守在即墨城裡，堅持抗戰，不肯屈服，最後利用燕國君臣不和的機會，用計擊退燕軍，收復齊國失土七十餘城。毫無疑問的，這是一位齊國士兵共同擁護的英雄人物。

魯仲子是齊國的高士，也叫魯仲連。他有一次到趙國去遊歷的時候，正好遇上秦軍包圍趙都邯鄲，趙國向魏國求救，魏因懼秦，不敢出兵。魯仲連知道了，就去面見魏使，說明利害，終於使魏國答應出兵救趙，解除了趙國邯鄲之圍。毫無疑問的，這是一位急人之難、濟人之困的高士。

這一篇文章，就是藉一次齊軍攻狄的戰爭，來說明將士同甘苦、共患難的重要性。

全文分為四段。

第一段說田單準備攻打狄國，魯仲連下斷語說：「將軍攻狄，不能下也。」魯仲連自己沒有說明理由，而田單也沒有請問他為什麼這樣說。但是田單很不服氣，因為他曾以即墨彈丸之地，破萬乘之燕，復齊七十餘城，這區區狄國，怎麼會在他的眼內？所以他聽到魯仲連這樣不中聽的話，問也不問，就上車不別而去了。

第二段是說田單攻狄，果如魯仲連所料，三月而不克。為什麼三月而不克，作者也沒有多說。只用了一首流行齊國的童謠：「大冠若箕，脩劍拄頤。攻狄不能，下壘枯丘！」來反映當時民間對此的看法。童謠前兩句，勾畫出田單衣冠莊嚴、意態悠閒的形象，這哪裡像是一位決死攻城的將軍？攻狄不下的原因，事實上已是不言而喻了。童謠的後二句，有的本子作「攻狄不能下，壘於梧丘」，也有少「於」字的，似乎都不如原來的整齊可誦。

第三段是說田單攻狄三月不下以後，再去請教，魯仲連才說明理由。魯仲連的分析，明白縝密，是本文的重點所在。他說田單在即墨時，能夠和士兵共患難，身先士卒，激勵士氣，自己有必死的決心，因此士兵也沒有偷生的念頭。破燕復齊，原因就在這裡。這一段文字，和第一段田單自己所說的話，是遙相呼應的。魯仲連接著分析攻狄之所以不下的原因，仍然在於田單身上。「當今將軍東有夜邑之奉，西有菑上之虞」，「有生之樂，無死之心」，已經養尊處優，充滿驕氣，不能和士兵共甘苦了。這樣士氣不振的軍隊，當然「攻狄不能，下壘枯丘」。這和第二段的童謠，可以說也是相呼應的。從這段文章看，具有策士身分的魯仲連，他的見解是比田單高明。

第四段說田單決心攻城，他恢復昔日和士兵生死與共的精神。「立於矢石之所」，而且親自擂鼓進攻，因此「狄人乃下」。這一段文章，著墨不多，事實上也已經無須多寫，否則就重複支蔓了。

最後，我們要說明的是：有人把田單攻狄解釋為與田單破燕復齊同時，這顯然是錯誤的。我們看看文中「當今將軍東有夜邑之奉……」諸語，就可明白攻狄一定在復齊之後。

這篇文章結構謹嚴，文字緊湊，寫作方法和文中所寓的教育意義，都值得我們學習。

莊辛論幸臣諫楚襄王

戰國策

莊辛❶謂楚襄王❷曰：「君王左州侯，右夏侯，輦從鄢陵君與壽陵君❸，專淫逸侈靡，不顧國政，郢都必危矣。」

襄王曰：「先生老悖❹乎？將以為楚國祆祥❺乎？」

莊辛曰：「臣誠見其必然者也，非敢以為國祆祥也。君王卒幸❻四子者不衰，楚國必亡矣。臣請辟於趙❼，淹留❽以觀之。」

莊辛去之趙，留五月，秦果舉鄢、郢、巫、上蔡、陳❾之地。襄王流揜於城陽❿。於是使人發騶徵莊辛於趙⓫。莊辛曰：「諾⓬。」

【注釋】

❶莊辛：人名，楚莊王的後人，以謚為姓，封陽陵君。

❷楚襄王：名橫。一稱頃襄王。楚懷王之子。

❸左、右：親近的意思。輦：天子的車。輦從：同車相隨。州侯、夏侯、鄢陵君、壽陵君：是楚襄王四個嬖臣的封號。

❹ 悖：惑亂。

❺ 祅：與「妖」通。祅祥：吉凶善惡的徵兆。

❻ 卒幸：始終私愛。

❼ 辟：同「避」，退避。

❽ 淹留：久留。

❾ 舉：攻下敵人的城。鄢、郢、巫、上蔡、陳：都是當時楚國地名。鄢，在今湖北宜城縣。郢，即郢都，今湖北江陵縣東北。巫，在今四川巫山縣。上蔡，在今河南上蔡縣。陳，在今河南淮陽縣。據《史記》的〈六國年表〉和〈楚世家〉，楚襄王十九年秦兵敗楚，割楚上庸（今湖北房縣附近）等地，二十年攻取鄢，二十一年攻取郢，二十二年攻取巫，襄王逃往陳，沒有攻取上蔡和陳的記載。文中「上蔡」或為「上庸」之誤；「陳」，疑為衍文。

❿ 流：走。揜（音「眼」）：困。流揜：逃匿。城陽：在今河南息縣西北，距離陳三百多里，襄王即由此入陳。

⓫ 騶（音「鄒」）：隨從車駕的騎士。徵：召。

⓬ 諾：答應的聲音，表示同意。

【語譯】

莊辛對楚襄王說：「在君王身旁，左邊是州侯，右邊是夏侯，跟在車後陪伴君王出行的，有鄢陵君和壽陵君，專門幹些淫亂放縱奢侈的事，不理國家的政務，這樣下去，郢都必定危險了！」

襄王說：「先生老糊塗了嗎？你準備為楚國預言吉凶嗎？」

莊辛說：「我確實看到了必定即將發生的事，並不是敢預言吉凶呀。如果君王始終親近這四個人不變的話，那麼，楚國必定要滅亡了。我情願躲避到趙國去，在那裡住一些時候看看情況。」

莊辛離開楚國，到了趙國，停留了五個月。秦國果然攻陷了鄢、郢、巫、上蔡、陳等等地方，襄王逃亡，困在城陽。於是派人打發快馬到趙國，召回莊辛。莊辛答應道：「好。」

莊辛至。襄王曰：「寡人不能用先生之言，今事至於此，為之奈何？」

莊辛對曰：「臣聞鄙語❶曰：『見菟而顧犬，未為晚也；亡羊而補牢，未為遲也❷。』臣聞昔湯、武以百里昌❸，桀、紂以天下亡❹，今楚國雖小，絕長續短❺，猶以❻數千里，豈特❼百里哉？

「王獨不見夫蜻蛉❽乎？六足四翼，飛翔乎天地之間，俛啄蚊寅❾而食之，仰承甘露而飲之，自以為無患，與人無爭也。不知夫五尺童子，方將調飴膠絲❿，加己乎四仞⓫之上，而下為螻蟻⓬食也。

「蜻蛉其小者也，黃雀因是以⓭。俯噣白粒⓮，仰棲茂樹，鼓翅奮翼，自以為無患，與人無爭也。不知夫王孫公子，左挾彈⓯，右攝丸⓰，將加己乎十仞之上，以其類為招⓱。晝游乎茂樹，夕調乎酸鹹⓲。倏忽之間，墜於公子之手⓳。

「夫黃雀其小者也，黃鵠⓴因是以。游於江海，淹乎大沼㉑，俯噣鱔㉒鯉，仰嚙蔆衡㉓，奮其六翮㉔，而凌㉕清風，飄搖乎高翔，自以為無患，與人無爭也。不知夫射者，方將脩其莽盧㉖，治其繒繳㉗，將加己乎百仞之上，被礛磻㉘，引微繳，折清風而抎矣㉙。故晝游乎江河，夕調乎鼎鼐㉚。

「夫黃鵠其小者也，蔡聖侯㉛之事因是以。南游乎高陂㉜，北陵乎巫山㉝，飲茹溪之流㉞，食湘㉟波之魚，左抱幼妾，右擁嬖㊱女，與之馳騁乎高蔡㊲之中，而不以國家為事。不知夫子發方受命乎宣王㊳，繫己以朱絲㊴而見之也。

「蔡聖侯之事其小者也，君王之事因是以。左州侯，右夏侯，輦從鄢陵君與壽陵君，飯封祿之粟㊵，而載方府之金㊶，與之馳騁乎雲夢㊷之中，而不以天下國家為事；不知夫穰侯㊸方受命乎秦王㊹，填黽塞之內，而投己乎黽塞之外㊺。」

襄王聞之，顏色變作，身體戰慄。於是乃以執珪㊻而授之，封之為陽陵君

㊼，與淮北之地也㊽。

【注釋】

❶鄙語：俗話。

❷莬：同「兔」。亡：走失。牢：養牛羊的圈。此句是說：見到兔子再回頭喚犬，還不算晚；羊跑掉了趕快補好羊圈，還不算遲。比喻楚國的局面，還可以挽救。

❸昌：興盛。此句是說：商湯、周武王以百里的土地而興盛起來。

❹此句是說：桀、紂雖有天下而終於亡國。

❺絕：截。絕長續短：截長補短的意思。

❻以：及，有。

❼特：但，僅。

❽獨：豈。蜻蛉：蟲名，蜻蜓之類。

❾俛：同「俯」。啄：鳥吃東西。宝（音「蒙」）：「蝱」的俗字。蝱：蟲名，蒼蠅之類。

❿調飴膠絲：調和糖漿，黏在絲上，繫在長竿頭，用來黏取飛蟲。飴：糖漿。膠：黏合。

⓫仞：周尺八尺。一說七尺。

⓬螻蟻：螻蛄和螞蟻。

⓭因：作「猶」字講。是：此，這。以：與「已」通，句末語助詞。因是以：像這一樣。說黃雀的遭遇，也和蜻蛉一般。

⓮噣（音「濁」）：與「啄」通。白粒：米粒。

⓯ 彈：彈弓。

⓰ 攝：取。丸：彈丸。

⓱ 招：的，目標。以其類為招：以其類為獵取的目標。一說，恐黃雀不肯飛來，以其同類的鳥來招誘它。王念孫《讀書雜志》以為類當作「頸」。

⓲ 醎：「鹹」的俗字。黃雀肉可吃，所以用佐料調味來烹煮它。

⓳ 倏忽：形容時間的短暫。一本無此十字。王念孫《讀書雜志》以為有此十字，即成蛇足。按：即使有此十字，也應在「以其類為招」句下。

⓴ 黃鵠：似雁而大，俗名天鵝，飛得很高，一舉千里。

㉑ 淹：久留。沼：彎曲的池子。

㉒ 鯵：原作「鱔」，今據《新序・雜事二》校改。

㉓ 蔆：同「菱」。衡：與「荇」（音「幸」）同，水草。

㉔ 翮（音「何」）：羽毛管，俗稱鳥的大翎。鳥類全靠著翅上的大翎才能夠飛翔。

㉕ 凌：駕。

㉖ 莩（音「樸」）：黃丕烈讀作「蒲」。蒲：就是楊柳，可以製箭桿。一作「碆」，箭頭。盧：黑色的弓。

㉗ 繒：通「矰」（音「增」）。矰：以生絲繫在箭上，用來射鳥雀。繳（音「濁」）：生絲縷。矰繳：帶繩的箭。

㉘ 礛：鮑本作「𠠍」。𠠍（音「件」）：鋒利。磻：與「碆」同。被礛磻：中了鋒利的箭頭。

㉙ 抎：同「隕」（音「允」）。隕：墜落。

㉚ 鼐（音「耐」）：大鼎。鼎、鼐都是古代烹飪的器具。

㉛ 蔡聖侯：鮑本作「蔡靈侯」，下文的宣王，鮑本作「靈王」。大約鮑彪認為這是指《春秋・魯昭公十一年》：「楚子虔誘蔡侯般，殺之于申。」和《史記・楚世家》：「靈王十年召蔡侯，醉而殺之，使

棄疾定蔡。」所說的事件。故事是說：蔡景侯之子，名般，弒父自立，楚靈王命公子棄疾誘殺之於申。但黃丕烈《札記》說：「《新序》作蔡侯，〈咏懷詩〉注引作蔡聖侯。」又說：「《新序》作宣，此策文本作聖侯、宣王，非春秋蔡靈侯、楚靈王事。子發事楚宣，高誘注《淮南子》有其證。」茲從黃說。

㉜ 高陂：似為地名，不詳。陂：山坡。

㉝ 陵：登。巫山：在今四川巫山縣東。

㉞ 飲：飲馬。茹溪：巫山下的溪水，在今巫山縣城北，俗稱小溪。溪下一本無「之」字。

㉟ 湘：湘江。源出廣西靈川縣海陽山，東北流入湖南，經長沙、湘陰，注入洞庭湖。

㊱ 嬖（音「必」）：身分卑賤而為君王所寵愛的女子。

㊲ 高蔡：即今河南上蔡縣。

㊳ 子發：楚國的大夫。宣王：名良夫。

㊴ 繫己以朱絲：是說被捉獲了。

㊵ 飯：吃。祿：官吏的俸給。封祿：以封邑的賦稅收入作俸給。此句是說：吃封邑賦稅收入的糧食。

㊶ 載：一作「戴」。方府之金：四方貢納給國庫的金屬。金即銅，戰國時期以銅為貨幣。

㊷ 雲夢：大澤名，在今湖北安陸縣南。

㊸ 穰侯：姓魏名冉，秦昭王母宣太后之弟，封在穰（今河南鄧縣東南）。

㊹ 秦王：秦昭王，一名秦昭襄王，名稷。

㊺ 塡：軍隊塞滿了。黽（音「蒙」）塞：即黽阨塞，又名平靖關，在今河南信陽縣東南。秦將白起攻楚破鄢、郢，燒夷陵，在黽塞之南，所以叫內。楚王逃走，東北保於陳，在黽塞之北，所以叫外。

㊻ 執珪：拿著珪符。一說，楚國爵位的名稱。

㊼ 陽陵君：莊辛封號。

㊽與：賜給。淮北：淮水以北，約當今安徽北部。「也」字疑衍。

【語譯】

莊辛到了，襄王說：「我後悔沒有聽先生的話，如今事情已經糟到這步田地，要怎麼辦呢？」

莊辛答道：「我聽見俗語說：『見了兔子，再回頭找狗，還不算晚；走失羊群，再修補羊欄，還不算遲。』我聽說從前的商湯和周武王，以面積不過百里的土地，就能使國家強大，夏桀和殷紂王，雖然有了天下，卻招致滅亡。如今楚國雖然不大，可是截長補短算起來，面積還有幾千里，何止百里呢！

「君王難道沒有看見蜻蛉嗎？牠生有六隻腳和四個翅膀，飛翔在天地之間，低頭就能啄食蚊蝱，仰臉就能吸飲甘露，自己覺得沒有什麼憂患，和人家也沒有什麼爭奪；可是牠不知道有五尺高的頑童，正要調弄有糖漿黏合的膠絲，向上抛出三丈來高，把自己捉下來，給螻蟻作食料呢。

「蜻蛉不過是小東西，比牠大一點的黃雀也跟這一樣。飛下來就啄食白色的米粒，飛上去就棲止茂盛的樹枝，鼓翅張翼，自己覺得沒有什麼憂患，和人家也沒有什麼爭奪；可是牠不知道王孫公子，左手拿著彈弓，右手拿著彈丸，向在七八丈高的地方的自己身上射來，就以牠們當做彈射的目標。白天還在豐茂的樹枝上游憩，夜晚就成了酸鹹烹調的菜肴。不過一剎那間，就落到公子哥兒的手中。

「黃雀不過是小東西，比牠大一點的黃鵠也跟這一樣。遨遊在江海上，停落在湖沼中，低下頭就吃魚類，仰起臉就咬香草，張開牠那六根勁羽，駕著清風，飄飄搖搖地在空中飛翔，自己覺得沒有什麼憂患，和人家也沒有什麼爭奪；可是牠不知道那射箭的人，正要修理好弓箭，準備好射具，射到七、八十丈高的地方的自己身上，中了銳利的箭鏃，帶著微細的箭絲，歪歪斜斜地從清風中跌落下來呢，所以白天還遨遊在江湖上，夜晚就被烹調在鼎鼐裡。

「黃鵠不過是小東西，蔡聖侯的事情也跟這一樣。南遊那高陂，北登那巫山，喝著茹溪的清流，吃著湘江的鮮魚，左手抱著妙齡的嬌妾，右手擁著寵幸的美女，和她們一同在國都上蔡地方馳騁遊樂，卻不理國家的政務；可是他不知道子發正接受宣王的命令來捉他，把他用朱絲縛住去見楚王呢。

「蔡聖侯的事情不過是小事罷了，君王的事情也跟這一樣。在您身旁，左邊是州侯，右邊是夏侯，出門時在車後跟隨的有鄢陵君和壽陵君；吃從封邑取得的米糧，花在國庫儲存的金錢，跟他們一同馳騁遊樂在雲夢大澤裡，卻不把天下國家的政務當一回事；可是您不知道穰侯正接受秦昭王命令，佔據了黽塞以內的地盤，而把您趕到黽塞以外去呢。」

襄王聽了莊辛的話，面上的顏色都變了，混身顫抖，於是拿著珪符授給莊辛，封他為陽陵君，賜給他淮北的封地。

析論

本文選自《戰國策．楚策》，記敘莊辛勸諫楚襄王的言論，文辭華美，譬喻新奇，是《戰國策》的名篇之一。

楚國在春秋時代原是強國，與晉國南北對峙；但到了戰國時代，受到秦國日漸強大、積極東侵的影響，國勢逐漸衰微。楚懷王時，和秦國幾次交戰，皆告敗北，國力更加衰弱；最後因為不聽屈原的諫言，客死於秦。

楚襄王就是楚懷王的兒子，又名頃襄王。他即位後，不但不思報仇雪恥，反而親近佞幸小人，因此國勢積弱愈深。從襄王十九年到二十二年之間，秦軍多次侵犯楚國，佔領土地。襄王二十一年，楚國郢都還被攻陷，襄王被迫流亡到城陽去。這篇文章所記敘的莊辛的兩次進諫，就是在襄王戰敗流亡的前後。文中善用譬喻，層層推進，說明只圖眼前安樂而不知有所戒懼，必定招致後患。宋代鮑彪批評這篇文章說：「此策天下之善規也。襄王雖失之東隅，而收之桑榆，故其季年保境善鄰，差為無事。此策為有力焉。」事實是否如此，雖然不敢確定，但是莊辛的諷諫，對楚襄王有一定程度的影響，是可想而知的。

這篇文章，以秦軍「舉鄢、郢、巫、上蔡、陳之地，襄王流揜於城陽」為界，分為兩大部分。

第一部分，說莊辛勸諫楚襄王，不要親近州侯、夏侯、鄢陵君、壽陵君這四位幸臣，否則生活糜爛、不顧國政的結果，楚國的前途值得憂慮。楚襄王當時沉湎歡樂之中，自然聽不進去這些逆耳忠言。

這一部分的文字，直截了當，沒有多加修飾，也沒有採用譬喻的方式，和第二部分是大不相同的。

第二部分說楚襄王「流揜於城陽」之後，才悟已往之不納諫，把避居趙國的莊辛請回來，並請教他「事至於此，為之奈何」。以下就是一大段莊辛諷諭的文字。

這一大段諷諭文字，是本文的精華所在。首先莊辛引用當時的俗諺：「見兔而顧犬，未為晚也；亡羊而補牢，未為遲也。」和「湯武以百里昌，桀紂以天下亡」的古代史實，來說明楚國還有復興的希望。這兩小段文字，形式是對仗整齊的。從「王獨不見夫蜻蛉乎」以下，舉蜻蛉、黃雀、黃鵠、蔡聖侯、君王（楚襄王）為例，來說明只顧眼前安樂而不知戒懼，必定招致後患的道理。取譬由小而大，層層推進，形式是錯落之中有整齊之美，非常引人注意。

在描述蜻蛉、黃雀、黃鵠的三段文字中，每一小段都有「俛（俯）」則如何、

「仰」則如何的描寫，也同時都有「自以為無患，與人無爭也，不知夫……將加己乎□仞之上」等等的敘述，這些都是錯落中有整齊的地方。在寫蔡聖侯、君王（楚襄王）兩段文字中，也一樣都有「左」、「右」如何如何，「與之馳騁乎□□之中，而不以（天下）國家為事，不知夫……」等等的描述，這和上面二小段文字對照起來，不但有前後暗相呼應之妙，而且一樣都是錯落之中有整齊之美。

至於每段文字之中，排比對仗的句子，例如「左挾彈，右攝丸」、「晝游乎茂樹，夕調乎酸醎」；「游於江海，淹乎大沼」、「晝游乎江湖，夕調乎鼎鼐」；「南游乎高陂，北陵乎巫山，飲茹溪之流，食湘波之魚」；「飯封祿之粟，而載方府之金」等等，比比而是，都可以看出作者修辭的華美對稱。

文章的末尾，寫楚襄王聽了莊辛的話之後，幡然改悟，封他為陽陵君，並賜給他淮北之地。這和上文襄王問莊辛「今事至於此，為之奈何」的話，對照起來，令人不無疑問。好像莊辛所爭取的，只是個人的榮祿而已，對國家利益並無什麼實際有效的策略。不過，這或許正是戰國時代策士的真正用意所在。

這篇文章有些文字，各版本之間略有異同，比較重要的地方，在注釋中已有說明，這裡就不再贅論了。

豫讓報恩

戰國策

晉畢陽❶之孫豫讓，始事范、中行氏❷而不說，去而就知伯❸，知伯寵之。及三晉❹分知氏，趙襄子最怨知伯❺，而將其頭以為飲器❻。豫讓遁逃山中，曰：「嗟乎！『士為知己者死，女為悅己者容。』吾其報知氏之讎矣！」

【注釋】

❶畢陽：春秋時代晉國人，是俠義人物。他受晉國大夫伯宗之託，在伯宗遭讒遇害時，護送伯宗之子州犂到楚國去。後來州犂做了楚國太宰的官。

❷春秋末年，晉國大卿專政，范氏、中行氏都是六卿之一。范氏：晉卿士會封於范，因以為氏。當時是范吉射（音「意」，諡昭子）在位。中行氏：晉將荀林父曾將中行之軍，以官為氏。當時是荀寅（諡文子）在位。范氏、中行氏後來被晉國六卿的其他四卿合力攻滅，逃往齊國。

❸知伯：名荀瑤，因其先祖荀首封於智（同「知」），所以以智為氏。知伯是晉六卿之一，他先聯合韓、趙、魏攻滅范氏、中行氏，後來又聯合韓、魏伐趙，結果反被趙襄子聯合韓、魏消滅了。

❹三晉：指韓康子、魏桓子、趙襄子。他們都是晉國六卿之一。合滅知伯之後，三分晉國，故稱三晉。

❺早年趙襄子代父帶兵，與知伯同事，曾被知伯侮辱，後來知伯聯合韓、魏合攻趙國，圍困晉陽三

年，並且引水灌城，曾使趙人巢居而處，懸釜而炊，所以趙襄子最恨知伯。

❻ 飲器：飲酒的器具。一說，溺器。

【語譯】

晉國畢陽的孫子豫讓，起先事奉過范氏和中行氏，卻不如意，便離開了去跟隨知伯做事，知伯很寵愛他。等到後來韓、趙、魏三晉瓜分了知伯的土地，趙襄子最恨知伯，因此將知伯的頭顱製成酒器。豫讓遁逃到山裡，說：「唉呀！『士人為他的知己犧牲生命，女子為愛她的人修飾容貌。』我應該報知伯的仇啊！」

乃變姓名，為刑人❶，入宮塗廁❷，欲以刺襄子。襄子如❸廁，心動，執問塗者，則豫讓也。刃其扞❹曰：「欲為知伯報讎！」左右欲殺之。趙襄子曰：「彼義士也，吾謹避之耳；且知伯已死無後，而其臣至為報讎，此天下之賢人也。」卒釋之。

【注釋】

❶ 刑人：古代受刑的人，常到官府中擔任賤役的工作。

❷ 塗：塗刷，刷洗。入宮塗廁：到趙襄子宮中去塗刷廁所。

❸ 如：到，往。

❹ 刃：刀刃，這裡指手拿匕首。扞（音「漢」）：抗拒。刃其扞：是說露出利刃，準備抗拒。一說，「扞」當作「杅」，「扞」、「杇」古通，杇：塗刷的器具；刃其杇：把刀刃藏在杇木前端。

【語譯】

於是改換姓名，假裝擔任賤役的受刑人，進了趙襄子的宮中去塗刷廁所，想藉這機會刺殺襄子。襄子到廁所去，忽然心中一動，便教人捉拿查問塗刷廁所的人，才知道他是豫讓。豫讓手持兵器抗拒說：「我要替知伯報仇！」左右的人想殺掉他。趙襄子說：「他是講義氣的人，我小心避開他就是了；況且知伯死後，沒有後代，而他的臣子肯來替他報仇，這是天下的賢人呀！」終於釋放了他。

豫讓又漆身為厲❶，滅鬚去眉，自刑❷以變其容，為乞人而往乞。其妻不識，曰：「狀貌不似吾夫，其音何類吾夫之甚也？」又吞炭為啞❸，變其音。

其友謂之曰：「子之道甚難而無功，謂子有志則然矣，謂子智則否；以子之才而善事襄子，襄子必近幸子，子之得近而行所欲，此甚易而功必成。」豫讓乃笑而應之曰：「是為先知報後知，為故君賊❹新君。大亂君臣之義者，無此❺矣！凡吾所謂為此者，以明君臣之義，非從易也。且夫委質❻而事人而求弒之，是懷二心以事君也。吾所為難，亦將以愧天下後世人臣懷二心者。」

【注釋】

❶ 厲（音「賴」）：同「癩」，疥瘡，一種會使毛髮脫落的皮膚病。
❷ 自刑：自己毀壞形體。指上文「漆身為厲，滅鬚去眉」而言。
❸ 啞：這裡指聲音沙啞。
❹ 賊：殺害。
❺ 無此：無過於此。
❻ 質：同「贄」，見面禮。委質：放下贄敬，表示臣事於人。一說，質：形體；委質：就是屈膝彎腰，向人行禮的意思。

【語譯】

豫讓又在身上塗漆，變成癩子，刮去鬍鬚，剃掉眉毛，自己毀容，來改變他的外貌，假裝乞丐去討飯。他的妻子見了他都不認識了，說：「這人的相貌不像我的丈夫，但是他的聲音，為什麼這樣像極我丈夫呢？」豫讓因此又吞下火炭，使聲音沙啞了，來改變他的聲音。他的朋友對他說：「你這樣的做法，很麻煩而且沒有效果，說你有志氣是對的，說你聰明那就未必了；以你的才幹，肯去好好事奉襄子，襄子必定親近寵信你，等到你能親近他，再做你想做的事，這樣就很容易，而且事情一定成功。」豫讓卻笑著回答他說：「這樣做，是為以前的知己，去報復後來的知己；為以前的君主，去殺害後頭的君主。最混亂君臣大義的，沒有再比這種情形更嚴重的了！總之，我所以要這樣做的原因，是要顯示君臣的大義，並不是去挑容易做的事情。況且既然送上贄敬，做了人家的臣子，服事別人，又想去刺殺他，這就是懷著異心去事奉主人了。我所以要去做這種難事，是想羞愧天下和後世懷著異心去事奉君主的人。」

居頃之❶，襄子當出，豫讓伏所當過橋下。襄子至橋而馬驚，襄子曰：「此必豫讓也。」使人問之，果豫讓。於是趙襄子面數❷豫讓曰：「子不嘗事范、中行氏乎？知伯滅范、中行氏，而子不為報讎，反委質事知伯。知伯已死，子獨何為報讎之深也？」豫讓曰：「臣事范、中行氏，范、中行氏以眾人遇臣，臣故眾人報之；知伯以國士❸遇臣，臣故國士報之。」襄子乃喟然嘆泣曰：「嗟乎豫子！豫子之為知伯，名既成矣。寡人舍❹子，亦以足矣。子自為計！寡人不舍子！」使兵環之。豫讓曰：「臣聞：『明主不掩人之義，忠臣不愛死以成名。』君前已寬舍臣，天下莫不稱君之賢。今日之事，臣故伏誅❺；然願請君之衣而擊之，雖死不恨！非所望也，敢布腹心！」於是襄子義之，乃使使者持衣與豫讓。豫讓拔劍三躍❻，呼天擊之❼，曰：「而❽可以報知伯矣。」遂伏劍而死。

【注釋】

❶居頃之：過了不久。

❷數：責備，斥責。

❸國士：國家的棟樑，國家難得的人才。

❹舍：同「捨」，釋放的意思。

❺故：同「固」，本來。伏誅：就死。

❻三躍：跳了三次。連跳三跳，擊刺的力量比較大。「三」也可解為泛指多次。

❼一本無「呼天」二字。

❽而：爾，你。豫讓自稱。

【語譯】

過了不久，襄子該當出巡的時候，豫讓躲藏在襄子應當會經過的橋下。襄子到了橋邊，忽然乘馬驚跳了起來。襄子說：「這一定是豫讓躲在這裡。」派人去搜查，果然是豫讓。於是趙襄子當面責備豫讓說：「你不是曾經事奉過范氏和中行氏嗎？知伯滅了范氏和中行氏，你卻不替他們報仇，反而送上贄敬，去事奉知伯。現在知伯已經死了，你為什麼偏偏替他報仇這樣的深切呢？」豫讓說：「我事奉范氏、中行氏的時候，范氏和中行氏待我如同眾人一般，所以我也如同眾人一樣的報答他；知伯卻以國家棟樑對待我，所以我也用國家棟樑的義氣來報答他。」襄子聽了，很憐惜地歎息哭泣說：「唉呀！豫先生啊！豫先生你為知伯所做的事，名聲已經成就了。我釋放過你，也已經夠了。現在你自己想個辦法吧！我不能再釋放你了！」命令士兵圍著他。豫讓（對趙襄子）說：「我聽說：『賢明的君主不掩蓋別人的忠義，忠心的臣子不愛惜他的生命來成就名節。』您以前已經寬恕赦免過我了，天下的人沒有不稱讚您賢明的。今天的事，我本來就應當受刑就死的；不過，我希望得到您的衣服讓我刺擊它，那麼我即使死了，也沒有憾恨！這不是我所敢期望得到的，只是大膽來表露我的心意罷了！」襄子覺得他有義氣，於是就派個差人拿了他脫下的衣服給豫讓。豫讓拔出劍，跳了三跳，仰天大叫向衣服刺去，說：「而今你可以報答知伯的恩德了！」然後便俯首舉劍自刎而死。

死之日，趙國之士聞之，皆為涕泣。

【語譯】

死的這天，趙國的士人聽見這事，都為他哭泣流淚。

析論

這篇文章選自《戰國策．趙策》，記敘豫讓為知伯報仇的經過。

全文分為五段。

文章開頭第一段，先交代豫讓的身世，說他是畢陽的孫子。畢陽是春秋時代一個著名的俠義人物，《國語．晉語》裡，就有關於他的記載。作者不交代別的，特別提這一點，用意就是說明：豫讓血液中，早有俠義的傳統因子。然後，文章又交代：豫讓曾經先後替范氏、中行氏做過事，但是范昭子、中行文子都不曾器重他，因此他最後轉而去替知伯做事。知伯和范氏、中行氏不一樣，他對豫讓特別重視。這也就是豫讓為什麼後來一心一意要為知伯報仇的原因。就因為知伯最寵幸豫讓，所以等到趙襄子和韓、魏二氏合力消滅了知伯，漆知伯之頭以為飲器的時候，豫讓便說「士為知己者死」，決意要為知伯報仇了。

第二段寫豫讓對趙襄子的第一次報仇行動。豫讓為了替知伯報仇，改換了姓名，成為受刑人，進入趙襄子宮中塗刷廁所，想藉此刺殺襄子。這可說是用心良苦了。哪裡知道趙襄子福至心靈，正想上廁所的時候，突然心中猛跳，於是叫人去搜查審問，這就發現了刺客，原來就是塗刷廁所的豫讓。豫讓胸懷利刃，自然不是塗廁之徒。這時候，豫讓見行藏敗露，也就利刃相向，表明要替知伯報仇。趙襄子還沒有什麼表示，「左右」卻「欲殺之」，正是從古以來，爪牙的共同特色。趙襄子是個性情中人，覺得豫讓是個「義士」，「此天下之賢人也」，所以不但不叫手下圍殺豫讓，反而把他釋放了。

第三段寫豫讓第一次報仇不成，開始計畫第二次復仇行動。他為了不讓人看出他是豫讓，好尋機會下手，於是不惜毀壞自己的形體容貌。先是「漆身為厲，滅鬚去眉」，裝成乞丐的模樣。他的妻子見了，都認不出他來，但是發覺他的聲音仍然沒變。因此，豫讓又「吞炭為啞」，來改變他的聲音。「吞炭為啞」後，他的妻子大概再也不認識他了。然而下文卻是他和朋友的一大段對話，這不能不加說明。

我們知道，司馬遷《史記》裡有些文章，是從《戰國策》取材的，像〈刺客列傳〉裡的〈豫讓傳〉，幾乎是沿用《戰國策》的原文而稍加改動而已。《史記．豫讓傳》在寫到豫讓不惜改變自己外貌時，是這樣寫的：「居頃之，豫讓又漆身為厲，吞炭為啞，使形狀不可知。行乞於市，其妻不識也。行見其友，其友識之，曰：『汝為豫讓邪？』曰：『我是也。』其友為涕曰……」現代的人，假使不了解古人兄弟如手足、妻子如衣服的觀念，看了這段文字，一定大感訝異。哪裡會有妻子不認識，反而是朋友認得的理由？但事實上，這在古人是普遍的現象，也是習以為常的觀念。古代朋友之間的交往，常常是以生死相許的，超過男女之間的感情，這就是上文「士為知己者死」的前提，也就是所謂義氣。明白這個道理，我們才能了解作者為什麼把豫讓和他朋友的對話，安排在妻子不識豫讓之後的原因。

作者藉豫讓和他朋友的對話，更加突出豫讓的義氣。豫讓瞧不起「懷二心以事君」的人，所以他堅持君臣之義，不願意表面做了趙襄子的臣子，暗地裡卻去刺殺他。因此他選擇了一個比較困難的方法，寧可吃苦冒險，也不破壞道義。他替知伯報仇是講義氣，替知伯報仇而不賣弄小聰明，堅持君臣之義，「將以愧天下後世人臣懷二心者」，更是講義氣。

第四段是寫豫讓第二次向趙襄子報仇的經過。豫讓打聽到趙襄子應當什麼時候出巡，出巡時應當會經過什麼地方。打聽了以後，就躲在趙襄子應當會經過的橋樑底下，準備行刺。很奇怪的是，趙襄子到了橋邊，所乘坐的馬卻突然像是受了驚，有了異樣的舉動。所以趙襄子猜想一定是有了刺客。果然是有刺客，而且刺客果然就是豫讓。於是趙襄子當面數說責備豫讓的種種不是。趙襄子的問話，正是讀者所要了解的問題。為什麼同是主人，豫讓只替知伯報仇，而不替范氏、中行氏報仇呢？這是對本文第一段開頭若干文字的進一步說明。豫讓的回答：「范、中行氏以眾人遇臣，臣故眾人報之；知伯以國士遇臣，臣故國士報之。」這也是對本文第一段「士為知己者死」諸語的進一步說明。

「知伯以國士遇臣，臣故國士報之。」豫讓的回答，應是他內心的直接流露，但是，聽起來卻如此深切動人，簡直是驚心動魄！難怪趙襄子聽了，會「喟然嘆泣」了。趙襄子雖然尊重豫讓是個義士，但是為了自己生命的安全，表示這一次不再放過他了。豫讓的反應又再次出人意外。他一方面推稱趙襄子的賢明，一方面請求趙襄子把所穿的衣服給他擊刺幾下，聊表為知伯報仇的心意。這件事，聽起來非常滑稽，但在滑稽的背後，卻把豫讓的忠心、義氣，更充分地表現出來，充滿了悲壯的意味。

趙襄子感佩豫讓的義氣，真的叫人把衣服拿給豫讓。豫讓拔劍三躍呼天而擊之，是表示奮力一擊的意思。所以呼天擊之的原因，可能是一則把衣服拋向天空，須要仰首奮擊，一則呼天使氣，向蒼天表明自己報答知伯的心意。

據司馬貞《史記索隱》所引的《戰國策》，這個地方原來還有「衣出血」等等的記載，是說當時趙襄子的衣服還流出血來，趙襄子如何如何難過等等，真是語涉怪力，因此被後人刪去了。

末段是說豫讓死的當天，他的義氣令趙襄子的臣民無不感泣。這是進一步強調豫讓的可敬可感。

趙太后新用事

戰國策

趙太后新用事❶，秦急攻之。趙氏求救於齊。齊曰：「必以長安君為質❷，兵乃出。」太后不肯，大臣強諫。太后明謂左右：「有復言令長安君為質者，老婦必唾其面！」

【注釋】

❶趙太后：有人以為就是指趙威后，即趙惠文王后。一說，應指趙惠文王母。新用事：剛剛執政。當時，趙惠文王死後不久，子孝成王新立，年紀太輕，故由太后攝政。

❷長安君：趙太后幼子。長安君是他的封號。有人以為「長安」是當時趙國地名，也有人以為「長安」是取其吉利。質：抵押。春秋戰國時代，為了結盟他國，取得信任，以人為質的風氣很盛。

【語譯】

趙太后剛剛執掌國政，秦國乘機急攻趙國。趙國向齊國要求救兵。齊國說必須以長安君做人質，救兵才肯出發。太后不肯答應，大臣們極力勸諫。太后公開告訴左右近侍說：「有再說要長安君去做人質的，老娘必定唾他的臉！」

左師觸讋願見太后❶。太后盛氣而揖❷之。入而徐趨❸，至而自謝，曰：「老臣病足，曾❹不能疾走，不得見久矣，竊自恕❺，而恐太后玉體之有所郄❻也，故願望見太后。」太后曰：「老婦恃輦❼而行。」曰：「日食飲得無衰乎？」曰：「恃鬻❽耳。」曰：「老臣今者殊不欲食。乃自強步，日三四里，少益嗜食❾，和於身也。」太后曰：「老婦不能。」太后之色少解❿。

【注釋】

❶ 左師：官名。觸讋：《史記・趙世家》作「觸龍」，王念孫《讀書雜志》說此句原作「左師觸龍言願見太后」，「讋」乃「龍言」二字誤合而成。

❷ 揖：《史記・趙世家》作「胥」。胥：須、等待的意思。

❸ 徐趨：慢慢地小步走。古代臣子晉見君主應該快步跑，小步走是失禮的，所以下文寫觸讋「至而自謝」，向太后當面謝罪。

❹ 曾：乃，於是。

❺ 竊自恕：私下原諒了自己。一說，自恕：自念，是說自覺衰老，所以忖己而度人。

❻ 郄（音「系」）：通「隙」，缺失，引申為病苦。
❼ 輦（音「碾」）：靠人力拉的車。這裡指君主的座車。
❽ 鬻：這裡同「粥」字。
❾ 少益嗜食：稍微能多吃一點喜歡吃的食物，就是稍微增進食慾。
❿ 色少解：臉色稍為和緩。解：同「懈」。

【語譯】

左師觸讋說希望見太后。太后非常生氣地等待他。觸讋進來，慢慢地小步走，到了太后面前，就自己謝罪說：「老臣的腳有毛病，因此不能快步跑，好久沒有進見太后了，我自己倒能原諒自己，只是擔心太后的玉體，怕有什麼不舒服，所以希望來見見太后。」太后說：「老娘靠輦車行走。」觸讋說：「每日吃的喝的可沒有減少吧？」太后說：「靠吃稀飯而已。」觸讋說：「老臣近來特別不想吃東西，於是自己勉強走路，每天三四里，這樣稍微增加吃點東西的慾望，身體覺得舒適些。」太后說：「老娘辦不到。」太后的臉色，稍微和緩了。

左師公❶曰：「老臣賤息❷舒祺，最少，不肖❸，而臣衰，竊愛憐之。願令得補黑衣之數❹，以衛王宮。沒死❺以聞！」太后曰：「敬諾❻！年幾何❼

矣？」對曰：「十五歲矣。雖少，願及未填溝壑❽而託之。」太后曰：「丈夫❾亦愛憐其少子乎？」對曰：「甚於婦人。」太后笑曰：「婦人異甚！」對曰：「老臣竊以為媼之愛燕后❿，賢⓫於長安君。」曰：「君過矣，不若長安君之甚！」左師公曰：「父母之愛子，則為之計深遠。媼之送燕后也，持其踵⓬為之泣，念悲其遠也，亦哀之矣。已行，非弗思也，祭祀必祝之，祝曰：『必勿使反⓭！』豈非計久長有子孫相繼為王也哉？」太后曰：「然。」

【注釋】

❶公：對老年人的尊稱。
❷息：子。賤息：賤子，等於今天說的「犬子」。
❸不肖：不像樣，沒有才幹。
❹黑衣：當時宮中衛士都穿黑衣，所以這裡借指衛士。數：名額，空缺。
❺沒：一作「昧」。昧死：冒死。
❻敬諾：遵命。應答的客套用語。
❼幾何：幾多，多少。
❽填溝壑：是說死後沒人埋葬，屍體被棄置在山溝溪谷之中。這是客套話，意思也就是死。
❾丈夫：古代成年男子的通稱。

❿ 媼（音「襖」）：年老的婦女。燕后：趙太后的女兒，嫁到燕國為后。

⓫ 賢：勝過。

⓬ 持其踵：拉住她的腳跟。表示捨不得分離的意思。古人席地而坐，行者起立，留者往往拉住腳跟不放。一說，登車之後，行者在車上，留者站在車下，持其腳踵，表示惜別。

⓭ 必勿使反：是說禱告一定不讓她回到本國。古代諸侯的女兒，嫁到他國，只有亡國或被廢，才會回到本國來。

【語譯】

左師公說：「老臣的犬子中，有個叫舒祺的，年紀最輕，不成材，可是臣下衰老了，私下最疼惜他，我希望叫他能夠補個缺到黑衣衛士隊裡，來保護王宮。所以冒著死罪把這些話說給太后聽！」太后說：「謹當遵命！年紀多大了？」答道：「十五歲了。雖然年紀輕，可是希望趁著老臣還沒死，能給他一個託身之處。」太后說：「大男人也會疼愛他的小兒子嗎？」答道：「比女人還厲害。」太后笑著說：「我們女人特別不同的！」答道：「老臣私下以為老奶奶您愛燕后，比愛長安君要多些。」太后說：「您錯了，遠不如愛長安君的多！」左師公說：「父母疼愛兒子的話，就要為他考慮深遠周詳。當年老奶奶您送別燕后的時候，抓著她的腳踵為她流淚，心裡惦念傷心她遠嫁燕國，也夠哀憐她的了。可是她嫁了以後，不是不想念呀，每當祭祀的時候卻必定為她禱告，禱告說：『一定別讓她回來！』您這難道不是考慮長遠，希望她有子孫世世代代繼承王位嗎？」太后說：「是的。」

左師公曰：「今三世以前，至於趙之為趙❶，趙主之子孫侯者，其繼有在者乎❷？」曰：「無有。」曰：「微獨❸趙，諸侯有在者乎？」曰：「老婦不聞也。」「此其近者禍及身，遠者及其子孫；豈人主之子孫則必不善哉？位尊而無功，奉❹厚而無勞，而挾重器❺多也。今媼尊長安君之位，而封之以膏腴之地，多予之重器，而不及今令有功於國；一旦山陵崩❻，長安君何以自託於趙？老臣以媼為長安君計短也，故以為其愛不若燕后。」太后曰：「諾，恣君之所使之❼！」於是為長安君約❽車百乘，質於齊。齊兵乃出。

【注釋】

❶ 趙之為趙：是說趙國之所以由大夫之家而成為諸侯之國；就是說趙國創始的時候。趙國是趙烈子開國的，以下依序是敬侯、成侯、肅侯；到了武靈王才稱王，然後傳至惠文王、孝成王。

❷ 繼：後嗣。此二句是說：趙王的子孫，曾被封為侯的，他們的後代還有繼續為侯的嗎？

❸ 微獨：不但，不僅。

❹ 奉：同「俸」，薪給，俸祿。

❺ 重器：貴重的器物。

❻山陵崩：古人用來指帝王或皇后的死。
❼恣：任憑。使：差遣，指派。
❽約：準備的意思。

【語譯】

左師公說：「從今往上數三代以前，直到趙國成為諸侯之國的時候，趙國國君的子孫，凡是封為侯的，他們的後嗣還有存在的嗎？」太后說：「沒有。」左師公說：「不僅僅是趙國，其他諸侯各國受封的子孫，還有存在的嗎？」太后說：「老娘沒有聽說。」左師公說：「這是因為他們遭逢了禍患，近的禍及本身，遠的禍延他們的子孫；這難道是國君的子孫就一定不好嗎？這是由於他們的地位尊貴而沒有功績，待遇優厚而沒有勳勞，而且又擁有貴重寶器太多了。如今老奶奶您提高了長安君的地位，而且封給他肥美的土地，又大量給他貴重的寶器，然而卻不趁現在叫他為國家建立功勳，一旦山陵崩壞，太后有個三長兩短，長安君將倚賴著什麼自立於趙國呢？老臣以為老奶奶您為長安君考慮得不夠深遠，所以以為您愛他遠不如愛燕后。」太后說：「好吧，那就任憑你怎麼去差遣他吧。」於是就為長安君準備了一百輛車子，送他到齊國做人質，齊國的救兵這也才派出來。

子義❶聞之，曰：「人主之子也，骨肉之親也，猶不能恃無功之尊、無勞之奉，而守金玉之重也，而況人臣乎？」

【注釋】

❶ 子義：趙國的賢人。

【語譯】

子義聽說這件事，說：「國君的兒子，骨肉的至親，尚且不能仗恃著沒有功績的高位，沒有勳勞的俸祿，而守住像金玉一般的寶器，更何況是人臣呢？」

析論

這篇文章選自《戰國策．趙策》，寫觸讋婉言勸說趙太后忍痛割愛，以幼子長安君做為人質，換得齊國派兵救援的故事。

全文分為五段。

第一段寫故事發生的背景。趙惠文王死了不久，太子丹即位，是為趙孝成王。趙孝成王因為年紀太輕，所以由太后攝政。在趙國這個權位轉移、局勢不定的時候，秦國認為有機可乘，所以派兵急攻趙國，趙國一見情勢危急，只好向齊國求救。當時諸侯各國之間，以利害相結合，彼此不能信任，因此一旦要聯兵結盟，往往要求對方派個有地位的人來做人質。這在春秋戰國時代，是常見的例子。齊國固然願意出兵援助趙國，可是卻也要求趙國「以長安君為質」。長安君是趙太后的幼子，根據後文第四段所說，趙太后「尊長安君之位，而封之以膏腴之地，多予之重器」，可見對他極為鍾愛。齊國看準母親疼愛幼子的心理，所以非長安君為質，不肯出兵。假使惠文王未死，或孝成王已經長大，這些國家大事自然輪不到趙太后來管，可是因為孝成王年紀太輕，國事由趙太后暫時執掌，所以「新用事」的趙太后有權決定一切。齊國「必」以長安君為質，否則不肯出兵；趙太后因為大臣強諫，極為不悅，所以聲言誰來復請，「必」唾其面。兩個「必」字，說明當時趙、齊二國之間的僵持不讓。這種矛盾衝突，正為下文觸讋的出場，預留餘地。

第二段寫觸讋求見太后，先從寒暄閒話談起。觸讋的「讋」，《史記・趙世家》作「龍」，據王念孫《讀書雜志》的考證，作「龍」是對的。此句原是「左師觸龍言願見太后」，讋就是龍言二字誤合而成的。另外，「太后盛氣而揖之」的「揖」字，王念孫也以為是「胥」字的錯字。因為在篆文中，「胥」和「咠」的寫法，非常接近。試想太后何必對臣子行揖禮，更何況趙太后是在盛氣大怒之下，所以「胥」實在是要比「揖」好。現在我們核對新出土的寫本《戰國策》，讋正作「龍」，揖正作「胥」，實在不能不佩服王念孫的高明。

這一段文字，雖然像是寫觸讋不切實際的閒話，但是這些寒暄閒談，卻句句都關係到勸諫太后本身。這看後文第三、四段就可以明白。第一段中曾說太后已經聲明「有復言令長安君為質者，老婦必唾其面」，所以這一段開頭寫觸讋表示想見太后時，太后當然盛氣以待。假使觸讋一見了面，就強言進諫，恐怕更容易引起太后反感。觸讋和太后的對話，就在這緊張的氣氛下展開。

觸讋是個年老的謀臣，在很多「大臣強諫」不成之後，已知道對太后不能正面規勸，而須婉言相感。所以他「入而徐趨，至而自謝」，藉想走快卻跑不動的無奈神態，來舒緩太后的怒氣。他先從自己的體衰多病談起，進而對太后的健康情況和日常飲食表示關心，這對於整天被「大臣強諫」的趙太后來說，完全是出乎意料之外。趙太后雖然原是「盛氣」以待，這時也不免逐漸鬆懈下來了。在趙太后的立場，她的丈夫新死，國事紛繁，偏偏秦國乘機來襲，而齊國堅持要以她所鍾愛的幼子長安君為質，才肯援救，她已經夠委屈的了，哪裡知道國內大臣竟然不能體諒自己，還紛紛來強諫，要她割捨私情而以國家為重。她覺得她多麼孤立無助，所以才會憤激聲稱誰敢再來進言的，「老婦必唾其面」。就在這時候，觸讋出現了，他不但不談那惱人的話題，而且站在太后這一邊，給與同情和關心，因此，趙太后的心理戒備鬆懈了，臉色也和緩下來了。

第三段寫觸讋藉推介自己小兒子入宮當衛士，來進一步婉言諷諫趙太后。

左師公觸讋畢竟老謀深算，他摸透了太后疼愛幼子的心理，所以也從自己的疼愛幼子談起。他說自己的小兒子，名叫舒祺，雖然「不肖」，但是他卻「竊愛憐之」，所以要為這個小兒子謀個差事。觸讋的這番話，在趙太后聽來，最受用了，最容易引起同病相憐之感。趙太后會覺得自己並不是孤立的，原來左師公和她一樣，偏憐小兒子，因而她不但消了氣，而且對左師公表示了同情。「丈夫亦愛憐其少子乎？」這是表示太后在無形中，已經引左師公為同調了。也因此，當左師公說他之愛憐幼子「甚於婦人」的時候，太后要笑著說：「婦人異甚」了。太后由盛氣而笑的過程，正說明了觸讋婉言相感的成功。

觸讋的婉言相感成功之後，讀者多數會以為他馬上會直言進諫。誰知偏偏不然。他底下的談話，不但出乎趙太后的意料之外，也出乎讀者的意料之外。他說他以為趙太后愛女兒——那個嫁為燕國皇后的女兒，遠超過愛幼子長安君。

關於這一點，趙太后當然是不承認的，因為就感情而言，她最清楚她最疼愛的是長安君。可是，等到觸讋把道理說明之後，她也不得不承認。因為她的疼愛長安君，純粹出乎情感，沒有為他深謀遠慮；而她的疼愛燕后，卻能出乎理智，注意客觀的事實，雖然分別時也是依依不捨，「持其踵為之泣」，可是分別之後，卻能理智克制情感，希望燕后在燕國能夠長居久安，子孫能夠相繼為王，不必再回趙國來。主觀的情感和客觀的事實，原來有這麼大的差距。經過左師公觸讋的說明，趙太后這時候才發現她之疼愛長安君，原來是愛之不得其法。

第四段承接第三段，寫左師公觸讋進一步說服了趙太后，答應以長安君為質，換取齊國的救兵。

左師公雖然說到長安君的身上，但仍然不是從正面來諍諫，而是採用欲擒故縱的方法。他先說「今三世以前」，然後說到趙國由大夫而成為諸侯之國，再說到其他諸侯各國，話題好像是越說越遠，事實上卻是越扣越緊。左師公的意思是說：即使是國君的後嗣，位高勢大而財厚，如果只是坐享其成，不曾為國家出力，有所貢獻，遲早是會繁華轉眼成空的。這暗示了趙太后目前如此照顧長安君，給他高位厚祿，一旦趙太后不在了，長安君將「何以自託於趙」？下場是可想而知的。反過來說，假使趙太后現在就讓長安君為趙國盡了心力，建立功勞，將來要在趙國立足，才不成問題。而言下之意，自然是希望趙太后現在就送長安君去齊國當人質，換取齊國的救兵，來紓解趙國的危急。這些話左師公都沒有明言，而只是給趙太后暗示，要趙太后自己去體會，去改正。這可以說是極為高明的說話技巧。趙太后並不糊塗，自然明白左師公的言外之意，因此接受了諫言，約車百輛，送長安君到齊國去，化解了一次趙國君臣的對立，也化解了一次齊、趙之間的僵持，更化解了一次趙國被困的危難。

最後一段，是藉由當時一位賢人子義的評論，來說明無功之尊、無勞之俸，是不足恃的，人主之子尚且如此，更何況是做臣子的人呢！

【附錄】

先秦散文淺說

吳宏一

現存的中國散文，要推《尚書》為最早。它不像商代甲骨文的卜辭；卜辭只是一些零碎的句子。它不但有章節，而且成了篇，可以代表當時敘述文的發展，而議論文也可以說在這裡找到了源頭。《尚書》所述的史事，包括虞、夏、商、周四代，這些記載，有的是當代史官所記，有的是後人追記（例如〈虞書〉、〈夏書〉），它的內容，包括典、謨、訓、誥、誓、命等類，有些是王朝向大臣、諸侯或大眾宣布的誥、命，有些是君臣相告的謨、訓，有些是和軍事有關的誓，有些是記載古帝王事蹟的典。《尚書》是五經之一，也是十三經之一，而且也可以說是我國最早的一部史書。

大致說來，古代言文是合一的，說出的、寫下的都可以叫做「辭」。卜辭我們稱為「辭」，其實《尚書》裡的語句也是「辭」。春秋時代，列國交際頻繁，外交的言語，和國家的利害關係很大，應用時是要慎重的。這種外交的言語也稱為「辭」，又稱為「命」，又合稱為「辭命」或「辭令」。擅長辭令的要能「順」，就是宛轉而有理；又要能「文」，就是話要說得漂亮。

孔子很注意辭令，他覺得這不是一件容易的事，所以自己謙虛地說是辦不了。但教學生卻有這一科目；他稱讚宰我、子貢擅長言語；「言語」就是「辭命」。當時的言語，方言之外有「雅言」。「雅言」就是當時的官話或通行語言。孔子教《詩》、《書》和執行禮節，似乎就用雅言，不用魯語。卜辭、《尚書》和外交辭令大概都是當代的雅言。雅言用的既多，所以每個字都能寫出，而寫出的和說出的雅言，大體上是一致的。孔子說「辭」只是「達」就成。辭是辭令，達是明白，辭多了像背書，少了說不明白，多少要恰如其分，辭令的被重視，代表了議論文的發展。

戰國時代，遊說的風氣大盛。策士遊說有時可以取得卿相，所以最重視說辭。他們的說辭卻不像春秋的辭令那樣從容宛轉了。他們滔滔不絕，鋪張局勢；他們的舌，像天花亂墜一般，有時誇飾，有時詭曲，甚或不問是非，只求壓倒反對者的意見，只求打動人主的心。那時最重辯。墨子第一個注意辯論方法，不過他究竟是個注重功利的人，不大喜歡文飾。儒家的孟子、荀子，也重辯。孟子說：「予豈好辯哉？予不得已也！」荀子也說：「君子必辯。」可以說這些都是受到策士的影響。

孔子開了私人講學的風氣，從此也便有了私家的著作。第一種私家著作是《論語》，卻不是孔子自作，而是他的弟子們記下他的話語。諸子書大概多是弟子們或後學者所記，自作的極少。因為我國古代有一個偉大的觀念，就是抱「天下為公」的態度，把文章當成「公器」，只求言論於人有益，於天下有益，往往不管說這話寫這書的是誰。因此，流傳後世的先秦古籍，大都是經世濟物的鉅著，很少有個人為主的單篇文章。經書昭昭在人耳目，作者卻極少自署姓名的。諸子雖然各立門戶，但大都抱著學術救世的雄心，因為不能實現理想，所以才著書立說，來垂範後世；可以說是重在建立一家的學說，而不僅為了個人的文名，所以仍然有把文章當成「公器」的意思。這是後人遠趕不上的。

《論語》以記言為主，所記的多是很簡要的。孔子主張「慎言」，痛恨「巧言」和「利口」；他向弟子們說話，大概是很質直的，弟子們體念他的意思，也只簡單的記出。到了墨子和孟子，可就鋪張得多。《墨子》大約也是弟子們所記。《孟子》據說是孟子晚年和他的弟子公孫丑、萬章等編定的，可也是弟子們記言的體製。那時是個重辯的時代，記言體製的恢張，應是自然的趨勢。這種記言是直接的對話。由對話而發展為獨白，便是「論」。初期的「論」，文字少，意義多，《老子》可為代表；後來再進一步，便是恢張的長篇大論，《莊子》、《荀子》、《韓非子》、《管子》裡的一些作品就是。

還有一種「寓言」，藉著神話或歷史故事來抒論。《莊子》多用神話，《韓非子》多用歷史故事；《莊子》有些神仙家言，《韓非子》是繼承《莊子》的寓言而加以變化。戰國策士的說辭也愛用譬喻。譬喻成了風氣，就開了後來辭賦的路。「論」是進步的體製，但多以篇為單位，成「書」的觀念還很少。《老子》雖然是一部書，但只有五千字。直到《呂氏春秋》，才成了第一部有系統的書。這部書成於呂不韋的門客之手，有十二紀、八覽、六論，共三十多萬字，總算有了系統，雖然結構還不夠嚴密。

隨著議論文的發展，記事文也有了長足的進步。孔子所作的《春秋》，文辭非常簡單，到了《春秋左氏傳》（簡稱《左傳》），就將那鋪排恢張的趨勢表現在記事文裡。《左傳》最精彩的地方是有關戰爭的描寫，往往將千頭萬緒的戰爭寫得層次分明，栩栩如生。它的記言也相當出色。至於策士遊說的言語，也有人分國記載，大都也是鋪排的記言，後來經劉向編集，成為《戰國策》那部書。

先秦文學導讀 2

先秦史傳散文

編著：吳宏一
責任編輯：曾淑正
內頁設計：Zero
封面設計：丘銳致
企劃：葉玫玉

發行人：王榮文
出版發行：遠流出版事業股份有限公司
地址：台北市南昌路二段八十一號六樓
郵撥：0189456-1
電話：（02）23926899
傳真：（02）23926658

著作權顧問：蕭雄淋律師
二〇一九年十一月一日　初版一刷（印數：一五〇〇冊）
售價：新台幣三八〇元

ISBN 978-957-32-8645-5（平裝）

遠流博識網 http://www.ylib.com
E-mail: ylib@ylib.com

國家圖書館出版品預行編目（CIP）資料

先秦史傳散文／吳宏一編著. -- 初版.
-- 臺北市：遠流, 2019.11
面；　公分. --（先秦文學導讀；2）
ISBN 978-957-32-8645-5（平裝）

1. 中國文學史　2. 先秦文學　3. 文學評論

820.901　　　108014542